Stefanie Heckl
Der Christbaumdieb
Der Krimi-Adventskalender –
24 neue himmlische Rätselkrimis

Der Krimi-Adventskalender

Der Christbaumdieb

24 neue himmlische Rätselkrimis

benno

Illustrationen
S. 5–72 (Christbaum): © tatianasun/shutterstock
S. 75–80 (Stern): © inside_alisa/shutterstock

Bibliografische Information der Deutschen Nationalbibliothek
Die Deutsche Nationalbibliothek verzeichnet diese Publikation in der Deutschen Nationalbibliografie; detaillierte bibliografische Daten sind im Internet unter http://dnb.d-nb.de abrufbar.

ISBN 978-3-7462-5243-8

Umschlaggestaltung: Ulrike Vetter, Leipzig
Umschlagillustrationen: © lemony/shutterstock, © Plan-B/shutterstock
Gesamtherstellung: Kontext, Lemsel (A)

Christbaumdiebstahl und andere Verbrechen

Der Advent ist nicht nur die Zeit, wo Menschen besinnlich werden, wo gebacken, gebastelt und Punsch getrunken wird. Dass in dieser stimmungsvollen Zeit auch geraubt, gedealt, erpresst, entführt, gefälscht und sogar gemordet wird, dass kann Kommissar Harald Bloch nicht erschüttern! Auch wenn ihm bei der Verbrecherjagd manchmal die vorweihnachtlich angefutterten Speckrollen hinderlich werden, so behält er doch stets einen kühlen Kopf, denn er weiß: Mit Hilfe der kleinen grauen Zellen und ab und an auch mit Allgemeinwissen zum Thema Kirche und Religion lassen sich viele Verbrechen rasch aufklären.
Begleiten Sie Kommissar Bloch auf seinen Ermittlungen! Für jeden Tag im Advent finden Sie in diesem Buch einen kurzen Krimi, bei dem Ihre Kombinationsgabe gefragt ist. Falls ein Rätselkrimi zu schwierig ist, finden Sie am Ende des Buches die Lösung, zu der Harald Bloch gekommen ist. So sind bis zum Heiligen Abend garantiert alle Verbrecher gefasst, und Sie können beruhigt eine „stille Nacht" feiern!

1

Das geklaute Stollenrezept

Kommissar Harry Bloch hatte Nachtschicht, als in den frühen Morgenstunden des 1. Dezembers der Notruf reinkam: Einbruch in der Bäckerei Gustav Wedekindt in der Lauensteiner Straße in Dresden Blasewitz. Die Traditionsbäckerei war vor allem für ihren Dresdner Christstollen bekannt. Vielen galt er als bester Dresdner Stollen überhaupt. Herr Wedekindt war außer sich. Er stand in der Joppe da; die Bäckerkluft hatte er noch nicht angelegt.

„Ich kam wie jeden Tag drei viertel zwei zur Bäckerei", berichtete er. „Der Geselle und die Lehrlinge kommen immer erst um zwei."

Bloch nickte müde und überlegte, ob er den Bäcker um einen Kaffee bitten konnte, entschied sich dann aber dagegen.

„Die Einbrecher haben nichts gestohlen – bis auf das Wichtigste!", erklärte Wedekind dramatisch.

„Die Kasse?"

„Quatsch, die ist über Nacht leer. Das Stollenrezept! Es ist ein Familiengeheimnis, gut gehütet seit der Zeit meines Großvaters. Es kann nur jemand von der Konkurrenz gewesen sein."

„Haben Sie jemand bestimmten im Verdacht?"

„Die alteingesessenen Bäcker haben ja alle ihre eigenen Stollenrezepte. Vielleicht der Matschick. Es heißt, sein Geschäft läuft nicht mehr so gut. Oder der Kruse. Der experimentiert seit zwei, drei Jahren herum, macht immer mal was Neues."

Bloch stattete beiden Bäckern einen Besuch ab. Bei Matschick wurde gerade Teig geknetet. Bloch sah sich unauffällig um, konnte aber keine Kaffeemaschine entdecken. Er hätte jetzt dringend etwas Koffein gebraucht. Herbert Matschick behauptete, den ganzen Abend zu Hause gewesen zu sein. Seine Frau könne das bezeugen. Gegen ein Uhr sei er in die Bäckerei gegangen. Nein, er sei auf seinem Weg nicht durch die Lauensteiner Straße gekommen. Seinen Stollen habe er schon im September und Oktober gebacken, damit er gut durchziehen könne.

In der Bäckerei Kruse duftete es schon nach frischen Brötchen. Der Magen des Kommissars grummelte. Brötchen, Marmelade und dazu eine Tasse Kaffee – das wär's jetzt! Kruse gab an, kurz nach zwei in der Bäckerei angekommen zu sein. Stollen backe er im Dezember gar nicht mehr. Und auf der Suche nach neuen Rezepten sei er nicht; die entwickle er alle selber.

Auf seinem Weg zurück ins Revier, es war schon sechs Uhr, trat Bloch plötzlich auf die Bremse. Ein Schild am Straßenrand hatte seine Aufmerksamkeit erregt: „Kaffee to go" stand auf einem Aufsteller vor einer kleinen Bäckerei.

„Endlich", stieß der Kommissar hervor, hielt an und betrat den Laden. Er war offensichtlich der erste Kunde. Als er den bestellten Kaffee im Pappbecher in der Hand hielt, trank er einen Schluck – wie immer schwarz – und blickte gedankenverloren auf ein handbeschriebenes Schild auf dem Verkaufstresen. „NEU: echter Dresdner Christstollen, ab 6.12. Bestellen Sie vor!"

„Seit wann haben Sie denn dieses Angebot?", fragte er und deutete auf das Schild.

„Seit heute“, sagte die freundliche Verkäuferin. „Möchten Sie vorbestellen?“
„Kommt drauf an. Wenn Sie mit Stollen noch keine Erfahrung haben, dann wird er vielleicht nicht so gut ...“
„Aber selbstverständlich wird der gut! Wir haben sogar die Lizenz der Dresdner Stollenvereinigung, na, Sie wissen schon diese Plakette ...“
„Den ‚Goldenen Stollen-Reiter‘?“, half Bloch listig nach.
„Genau!“
Woher wusste Kommissar Bloch, dass die Frau gelogen hatte?

2

Die Heimsuchung

Die Besucher des Kunstmuseums bemerkten an diesem Sonntag kaum etwas von dem Einbruch. Als sich punkt elf Uhr die Tore des Museum öffneten, waren lediglich zwei Räume im oberen Stock nicht zugänglich. Hier hatten die Diebe insgesamt acht Bilder mitgenommen. Die Einbruchspuren im übrigen Haus hatten die Beamten bereits gesichert. Die nun gesperrten Räume waren der Frührenaissance gewidmet. Kommissar Bloch betrachtete gedankenverloren die halb leeren Wände. Er selbst war kein Kunstfreund. Vor Museumsbesuchen drückte er sich meist erfolgreich und halb leeren Wänden konnte er viel abgewinnen.

Vor ihm stand der Museumschef Dr. Heribert Frühauf und rang die Hände. „Das sind unersetzliche Kunstwerke, Herr Kommissar. Der Verlust ist für unser Museum eine Katastrophe! Vor allem Mariä Heimsuchung, der Höhepunkt unserer Renaissance-Sammlung!“ Wortreich erklärte er dem Kommissar, dass dieses Gemälde eines bekannten italienischen Malers eins der wichtigsten des ganzen Museum sei. Darauf sei die schwangere Maria zu sehen, die gerade ihre ebenfalls schwangere Verwandte Elisabeth besuche, ein beliebtes Motiv in der religiösen Kunst.

„Quasi ein Adventsbild“, warf Kommissar Bloch ein. Für Religion hatte er sich immer schon interessiert.

„Richtig, Herr Kommissar. Das Werk ist so bekannt, dass es auf dem Kunstmarkt eigentlich unverkäuflich ist. Es kann sich nur um einen Auftragsdiebstahl handeln."
„Erklären Sie mir doch noch einmal", wandte sich Harry Bloch jetzt an den Wachmann, der wie ein Häufchen Elend in der Ecke saß, „wie das passiert ist."
Die Diebe waren auf denkbar simple Weise in den frühen Morgenstunden in das Museum gelangt: Mit einer Leiter waren sie zu einem Fenster im ersten Stock hinaufgestiegen, wo kein Sicherheitsglas verwendet worden war, und hatten es eingeschlagen. Den durch den Alarm herbeigerufenen Wachmann hatten sie niedergeschlagen und gefesselt und danach in aller Seelenruhe die Bilder ausgewählt. Der Wachmann, ein beleibter, kurzatmiger Mann um die sechzig, berichtete, er habe versucht, Widerstand zu leisten, aber die vier Täter seien bewaffnet gewesen und hätten ihn schnell überwältigt. Außer einem blauen Fleck hatte er glücklicherweise keine Verletzungen davongetragen.
„Die trugen alle einheitliche Arbeitskleidung, so ähnlich wie im Straßenbau, und sie hatten einen norddeutschen Akzent. Sie haben mich an Händen und Füßen gefesselt und mir die Augen verbunden. Einen haben sie mit ‚Chef' angeredet und die anderen mit Benni, Hajo und Toni. Der Chef hat die Bilder rausgesucht – er hatte eine richtige Liste dabei – und die anderen drei haben die Bilder abgehängt und in große, helle Tücher gewickelt, wahrscheinlich einfache Bettlaken. Bei einem Bild haben sie noch überlegt, ob es in den Lieferwagen passt. Das war die Heimsuchung; die ist ja mit Rahmen fast zwei mal zwei Meter groß. Einer hat noch auf seinem Handy nach den Staumeldungen für die A14 geschaut. Dann sind sie mit den Bildern wieder zum Fenster rausgeklettert. Das muss so gegen halb fünf gewesen sein. Ich hab irgendwann den Knoten an meinen

Handgelenken aufbekommen und konnte Sie verständigen. Aber da waren schon fast zwei Stunden vergangen. Es tut mir so leid, dass ich das nicht verhindern konnte!" Der Wachmann war völlig aufgelöst.

„Machen Sie sich keine Vorwürfe, Herr Meyer", versuchte Dr. Frühauf den geknickten Mann zu trösten, „Sie haben getan, was Sie konnten."

„Da wäre ich mir nicht so sicher", warf Kommissar Bloch ein.

Was kam ihm seltsam vor?

3

Botschaft einer Leiche

Hartmut Hober, Mitinhaber der Immobilienfirma H. & H. Hober, war in seinem Büro erschlagen worden. Von der Tatwaffe fehlte jede Spur, aber es musste ein sehr schwerer, stumpfer Gegenstand gewesen sein. Er war vom Schreibtischstuhl gesackt, auf dem er zur Tatzeit gesessen haben musste. Auf dem Bildschirm war noch eine nicht ganz fertig geschriebene E-Mail geöffnet – eine harmlos wirkende Korrespondenz mit einem Herrn Winter –, die mitten im Satz abbrach und in einem unverständlichen Buchstabensalat endete. Kommissar Harry Bloch starrte auf den Bildschirm:

In jedem Fall freue ich mich, dich und deine Frau bald zu sehen! Hier gehen die Geschäfte wunderbar, wie du dir denken jpöhrt odz rd hrerdrm.

„Hm, das waren also seine letzten Worte, zumindest in schriftlicher Form“, sagte er unzufrieden. „Wer ist denn dieser Herr Winter?“, fragte er dann die Sekretärin des Verstorbenen.

„Ach, das ist ein alter Geschäftsfreund. Er wollte demnächst in die Stadt kommen. Sie treffen sich jedes Jahr im

Advent und unternehmen etwas zusammen. Diesmal wollten sie mit ihren Gattinnen den ‚Nussknacker' im Opernhaus sehen."
Als Kommissar Bloch fragte, ob Harald Hober Feinde gehabt habe, zögerte die Sekretärin und deutete dann dezent an, dass einem Immobilienhai tatsächlich recht viele Menschen nicht wohlgesonnen seien.
„Für wen steht eigentlich das zweite H. im Firmennamen?"
„Das ist der ältere Bruder, Holger Hober. Er ist ebenfalls Inhaber und erster Geschäftsführer der Firma."
Kommissar Bloch beschloss, den Bruder als Nächstes zu befragen. Zuvor machte er aber einen Ausdruck der nicht ganz fertig geschriebenen Mail und betrachtete ihn gedankenverloren.
„Schrieb Herr Hober seine Mails immer selbst?"
„Nein, die meisten schreibe ich. Aber wenn es nicht rein geschäftlich ist, also die etwas persönlicheren Mails hat er gern selbst geschrieben. Er tippte fast so schnell wie ich, konnte das mit allen zehn Fingern."
Der tief betroffene Holger Hober war keine große Hilfe. Er konnte sich nicht vorstellen, wer seinen kleinen Bruder hätte ermorden wollen. Alle hätten ihn geliebt! Auch das Ende der Mail konnte er nicht deuten. Er brach in Tränen aus, als Kommissar Bloch ihm den Ausdruck zeigte. „Mein armer Bruder", schluchzte er.
Später im Revier rief Bloch seinen Freund, den Gerichtsmediziner Dr. Schramm, genannt Schramme, an und fragte, ob man nach einem sehr harten Schlag auf den Schädel noch klar im Kopf und gleichzeitig verwirrt sein könne.
„Man kann alles Mögliche", entgegnete Schramme. „Es können auch Sinneswahrnehmungen ausfallen oder gestört sein."
„So, dass man nicht gut sieht oder hört?", fragte Bloch.

„Zum Beispiel. Oft geht natürlich gleich das Licht aus ..."
In Gedanken ging Bloch zu seinem Kollegen, Kommissar Markus Jaschke.
„Du, Markus, du kannst doch mit zehn Fingern tippen", fing er vorsichtig an.
„Nee, du, tipp deine Berichte mal schön alleine", wehrte der ab und lachte. „Du hast doch dein bewährtes Zwei-Finger-Suchsystem."
„Darum geht es gar nicht. Ich brauch deinen Rat. Sieh dir mal diese Nachricht an. Stammt von einer Leiche."
Markus Jaschke warf einen kurzen Blick auf den Ausdruck: „Aha, letzte Zuckungen des Nervensystems."
„Aber die Leerzeichen!", rief Harald Bloch entnervt. Wieso fiel das nur ihm auf? „Das ist doch nicht nur Buchstabensalat. Das hat doch Struktur, da sind Leerzeichen dazwischen, wie Worte."
„Du meinst, er hat kurz vor seinem Tod noch schnell eine Nachricht hinterlassen? Aber was soll das sein? Ungarisch?"
„Keine Ahnung. Hier, tipp das bitte mal ab. Nur die letzte Zeile."
Markus tippte, ohne auf die Tastatur zu sehen: „jpöhrt odz rd hrerdrm".
„Okay, und jetzt stell dir mal vor, du hast einen Schlag auf den Kopf bekommen und erwischst die Tastatur nicht wie gewohnt und siehst vielleicht nicht klar ..."
Kommissar Jaschke hielt die Finger über der Tastatur, verschob sie ein wenig zu Seite und tippte die Zeile noch einmal. „Heiliges Kanonenrohr!", rief er dann.
Was hatte er geschrieben?

4

Zweige für St. Barbara

Der Hans-Fallada-Platz war als Drogenumschlagsplatz verschrien. Gleichzeitig waren hier die St. Bartholomäus-Kirche und ein sehr schöner, kleiner Park mit Ginkgo- und Lindenbäumen sowie einigen Magnolien gelegen. Tagsüber sah man im Park junge Mütter mit Kinderwagen, Touristen, Kirchenbesucher und Spaziergänger, aber am späten Abend wandelte sich das Bild völlig. Die Drogenkonsumenten wurden immer jünger, zum Teil waren Schulkinder im Teenageralter darunter, was Kommissar Bloch besonders schmerzte.

Am späten Abend des vierten Dezember – er kam wie jeden Dienstag vom Volleyballtraining mit anschließendem Stammtisch und war, des Bieres wegen, zu Fuß unterwegs – sah er im Park zwei junge Mädchen im Gebüsch herumlungern. Sie mochten höchstens sechzehn Jahre alt sein; das war in dem Alter für ihn schwer zu schätzen. Ein ganz ungefährlicher Aufenthaltsort war es für die Teenager sicher nicht. Die gehörten seiner Meinung nach um diese Zeit ins Bett. Erst vor zwei Wochen hatte es nachts im Park eine Messerstecherei unter Dealern gegeben.

Harry Bloch sprach die beiden Mädchen an und fragte, was sie so spät im Park trieben. Die eine, die trotz der Kälte nur Leggins und dünne Schuhchen trug, gab sich selbstbewusst.

„Wir sind im Auftrag des Pfarrers hier“, behauptete sie und zeigte zur St. Bartholomäus-Kirche. „Heute ist doch der Gedenktag der heiligen Barbara und wir sollen Barbarazweige schneiden.“
„Hier im Park?“
„Er sagte, gleich vor der Kirche.“
„Sie können uns ruhig glauben. Wir haben sogar ein Taschenmesser“, sagte die zweite kess und hielt eine Schweizer Klinge in die Höhe.
„Trotzdem ein bisschen spät für so einen Auftrag“, beharrte Bloch.
„Wir sollten das auch früher machen“, gab sich die erste zerknirscht. „Aber dann haben wir so lange für die Hausaufgaben gebraucht. Es muss aber noch heute sein, weil heute der St. Barbara-Tag ist. Man muss genau an diesem Tag die Zweige abschneiden und ins Wasser stellen, damit sie zu Weihnachten blühen. Wenn man den Termin verpasst, dann gilt es nicht!“
Sie hatte sehr überzeugend gesprochen, und die drei Pils hatten dem Kommissar zugegebenermaßen ein wenig den Kopf vernebelt. Er riss sich zusammen und blickte streng.
„Also, im Religionsunterricht habt ihr gut aufgepasst. Großes Lob! Oder seid ihr gar bei den Ministranten? Aber im Biologieunterricht habt ihr wahrscheinlich geschlafen. Geht nach Hause, schlaft euch aus und erzählt eure Gute-Nacht-Geschichten jemand anderem.“
Welcher Teil der Story hatte ihn nicht überzeugt?

5

Die Entführung

Manchmal erwischte es wirklich die Falschen, dachte Harry Bloch, als er Frau Helwig gegenübersaß, die in den zitternden Händen ein Foto ihres vermissten Lieblings hielt. Frau Helwig war beinahe 90 Jahre alt, zierlich und nach einer vorsichtigen Schätzung von Harry Bloch etwa anderthalb Meter groß.

Auf dem Foto, es war erst wenige Monate alt, blickte Peggy aus großen braunen Augen in die Kamera. Nun war Peggy entführt worden. In einem Brief, der an diesem Morgen in Frau Helwigs Briefkasten gelegen hatte – er war nicht mit der Post verschickt, sondern einfach eingeworfen worden –, forderten die Entführer ein Lösegeld von eintausend Euro.

„Peggy hat Diabetes", sagte Frau Helwig mit zittriger Stimme. „Sie braucht Spezialnahrung. Herr Kommissar, Sie müssen sie schnell finden!"

Peggy war ihr weißer Zwergpudel und mit zwölf Jahren schon recht betagt. Kommissar Bloch nickte und versuchte, Zuversicht auszustrahlen, als er sagte: „Machen Sie sich keine Sorgen, Frau Helwig! Wir werden Peggy finden. Darf ich noch einmal den Brief sehen?"

Beim Erpresserbrief hatten sich die Täter wohl von Filmen aus den siebziger Jahren inspirieren lassen und einzelne

Worte und Buchstaben aus Zeitungen zusammengeklebt. Dass er so etwas tatsächlich einmal zu Gesicht bekommen würde, hätte Kommissar Bloch nicht geglaubt. Allerdings konnte er sich wegen der haarsträubenden Rechtschreibfehler nicht so recht an der Bastelei erfreuen.

„Wir haben ihre Peggi! Wenn sie sie lebend wider sehen wollen dann müssen sie Tausend Euro Zahlen! Bringen Sie das Geld zum Hundesalon wo sie immer gassisgehen! Und legen sie es da unter den Blumentopf am Eingang! Keine Bullen! Sonst werden sie es bereuhen!"

„Die Betreiberin des Hundesalons hat mir erzählt, dass gerade eine Bande von Hundeentführern ihr Unwesen treibt", sagte Frau Helwig. „Die sind im gesamten Stadtgebiet unterwegs, sagt sie. Die machen das professionell."

Kommissar Bloch wiegte bedächtig den Kopf. „Das stimmt, es gab da ein paar Fälle. Aber die sind anders vorgegangen. Gibt es denn jemanden in Ihrem persönlichen Umfeld, der Ihre Gewohnheiten kennt? Also jemand, der weiß, wo Sie mit Ihrer Peggy immer Gassi gehen?"

„Also, meine Kinder. Und die Nachbarn haben mich immer mit Peggy losgehen sehen. Die Krauses von gegenüber und der Herr Hollmann von nebenan. Die Frau Geißler von schräg gegenüber ist auch manchmal die Strecke mitgegangen, damit sie etwas Bewegung hat. Aber das sind alles Bekannte; ich würde keinen von ihnen verdächtigen. Das waren sicher Fremde."

Kommissar Bloch wirkte unzufrieden. „Hm, hatten Sie nie Streit mit den Nachbarn? Wissen Sie, ob jemand in finanziellen Schwierigkeiten ist?"

„Ach, nein! Sicher, es gab manchmal auch etwas Unfrieden. Aber der Klatsch und Tratsch interessiert mich nicht. Ob jetzt die Enkelin von der Frau Geißler auf die schiefe Bahn geraten ist oder ob die Krauses mit ihren Kindern verstritten sind oder ob der Herr Hollmann wegen der Brombeerhecke mit der Frau Geißler Streit hatte – das will ich alles gar nicht wissen! Wir sind hier eine gute Gemeinschaft!"

„Ja, das glaube ich Ihnen natürlich gern, Frau Helwig. Beschreiben Sie mir Peggy noch mal genauer. Das Foto ist sehr gut. Aber wie groß ist sie? Welches Halsband trug sie und hing da irgendeine Marke dran?"

Frau Helwig überlegte. „Am Dienstag, als sie verschwand, da trug sie das rote Halsband. Und auf der Hundemarke stehen bloß die Nummer von der Hundesteuer und in welcher Stadt sie ausgestellt wurde."

„Liebe Frau Helwig, wir müssen doch noch einmal genauer über Ihre Nachbarn und vielleicht auch über Ihre Kinder sprechen", sagte Kommissar Bloch und schlug ein neues Blatt in seinem Notizblock auf. „Ich fürchte, die Täter sind keine Fremden."

Wie kommt er darauf?

6

Die Nikolausbande

„Tatsächlich, lauter Nikoläuse.“ Kommissar Jaschke starrte auf die Aufnahmen der Überwachungskamera.
„Falsch, Kollege“, sagte Harry Bloch und trank einen Schluck schwarzen Kaffee aus dem Automaten, widerliches, bitteres Zeug. „Das sind keine Nikoläuse, sondern stinknormale Weihnachtsmänner. Nikolaus würde als Bischof keine rote Zipfelmütze tragen, sondern einen Bischofshut, und außerdem –“
Kommissar Jaschke konnte sich einen dummen Kommentar nicht verkneifen: „Ich sehe jedenfalls die Fahndungsfotos schon vor mir, sehr stimmungsvoll und passend zur Jahreszeit. Da werden bestimmt jede Menge Verdächtige gemeldet.“
Was war passiert? In der Nacht vom fünften auf den sechsten Dezember hatten vier kostümierte Gestalten den Tresorraum der Commerzbank ausgeräumt. Sie trugen nicht nur Weihnachtsmannkostüme, sondern auch passende Masken mit weißen Rauschebärten, sodass ihre Gesichter komplett verborgen waren. Sie hatten einen Tunnel vom benachbarten Gebäude eines Sportvereins gegraben, der bis in den Tresorraum der Bank führte.
Die Aufnahmen der Überwachungskameras belegten ein-

drucksvoll die Arbeitsteilung der „Nikolausbande“, wie Kommissar Jaschke sie trotz des Einwandes seines Kollegen nannte. Zwei der Verkleideten knackten die Schließfächer, einer räumte den Inhalt in eine Sporttasche und der vierte war wohl für die Öffentlichkeitsarbeit zuständig. Er hatte die Überwachungskamera entdeckt, machte Faxen und winkte. „Idiot“, brummte Kommissar Jaschke, als der Vermummte den Mittelfinger in die Kamera hielt.

„Siehst du, wenn das echte Nikoläuse wären, dann würden sie die Beute unter den Armen aufteilen“, bemerkte Bloch.

„Würde mich wundern, wenn sie das vorhätten.“

„Der Verein hat jedenfalls über 700 Mitglieder“, bemerkte Kommissar Jaschke. „Ganz genau konnte es mir der Chef vorhin auf die Schnelle nicht sagen. Er schickt uns aber eine detaillierte Mitgliederliste zu. Im Keller haben sie eine Kegelbahn und eine Sauna; da hat jedes Vereinsmitglied Zutritt. Der Gang wurde von einem Abstellraum aus gegraben, wo Reinigungsmittel und solches Zeug stehen.“

Kommissar Bloch sagte nichts, er sah weiter konzentriert die Aufnahmen an. Der Vermummte im Vordergrund machte obszöne Gesten in die Kamera. Im Hintergrund öffneten nach wie vor zwei der Ganoven die Schließfächer. Einer war relativ hager, der andere breit wie ein Schrank. Den Hageren schien der falsche Bart zu stören und er hatte das Ende kurzerhand oben in seine Jacke gesteckt. Der vierte im Bunde hatte inzwischen eine Sporttasche gefüllt und war dabei, die zweite zu füllen. Er stellte sie kurz ab, um sich die Nase zu putzen und den Schweiß von der Stirn zu wischen, dann machte er weiter. Zwanzig Minuten hatte die Nikolausbande gebraucht, um den Tresorraum auszuräumen. Kommissar Bloch sah den Film gerade zum zweiten Mal, und Jaschke wurde ungeduldig.

„Was ist jetzt?“, fragte er. „Wie lange willst du dir den Pau-

senclown noch ansehen?“ Der Ganove im Vordergrund brachte ihn allmählich auf die Palme.
„Deine Idee mit dem Fahndungsfoto ist vielleicht gar nicht so dumm“, sagte Bloch langsam. „Der Pausenclown gibt sich zwar alle Mühe, uns von seinen Kollegen abzulenken, aber bei zumindest einem sollten wir mal schauen, ob wir sein Gesicht gut vergrößern können.“
Wen meint er?

7

Verräterische Notizen

Am 7. Dezember rief Harry Bloch einen guten Freund und Kollegen in Köln an, um ihm zum Namenstag zu gratulieren. Gerald Gunkel freute sich über den Anruf und sie tauschten kurz Neuigkeiten aus.

„Vielleicht kannst du mir sogar helfen“, meinte Kommissar Gunkel dann. „Ich bin hier grad im Kölner Dom –“

„Gerald, du wirst auf deine alten Tage immer frömmer“, frotzelte Bloch.

„Frommer heißt das. Und ich bin grad im Dienst, Zeugenvernehmung. Es wurde in der Domschatzkammer eingebrochen. Ganz frisch, wir sind grad die Ersten am Tatort.“

„Ein Diebstahl?“, fragte Bloch.

„Das kannst du laut sagen, Harry! Liturgisches Gerät wurde gestohlen, natürlich alles Gold, ein wertvolles Vortragekreuz und eine noch wertvollere Reliquie.“

„Doch nicht etwa die Heiligen Drei Könige?“

„Nein, um Himmels willen, wo denkst du hin! Die sind Gott sei Dank noch da. Aber eine Blutreliquie von Johannes dem Täufer. Die Kollegen von der Spusi rennen grad durch.“

„Und wer sind deine Zeugen?“

„Der Küster, ein älterer Herr. Er hat noch eine Gestalt wegrennen sehen und die Polizei verständigt. Aber so, wie das hier aussieht, müssen es mehrere Täter gewesen sein. Moment, jetzt hat die Spurensicherung einen Hinweis gefunden –"

Harry Bloch hörte gedämpft weitere Stimmen im Hintergrund, dann wieder die Stimme des Freundes: „Ein kleiner Zettel. Den könnte einer der Täter verloren haben."

„Steht was drauf?"

„Ja, aber völlig unverständlich. Irgendwelche Buchstaben-Zahlen-Kombinationen. Das ergibt alles keinen Sinn. Vielleicht ein Code? Eine Nachricht für die Komplizen?"

„Lies mal vor!"

„Also, pass auf: BWV 599, BuxWV 136, BWV 606, BuxWV 147, 163 ..."

Harry Bloch musste lachen und Kommissar Gunkel hörte irritiert auf zu lesen.

„Ich weiß jetzt nicht, was daran so komisch sein soll."

„Mensch, Gerald, du musst wirklich öfter mal in die Kirche gehen, besonders im Advent. Hör dir doch mal ein schönes Orgelkonzert an –"

„Sag mal, spinnst du jetzt?"

„Keineswegs! Und jetzt lauf und befrage den Organisten. Der scheint mit der ganzen Sache zu tun zu haben."

Wie kommt Kommissar Bloch darauf?

8

Der Lebkuchenmann

Den Spitznamen „Lebkuchenmann“ hatte der Erpresser schnell weg. Mitten in der Adventszeit forderte er von einem großen Süßwarenkonzern fünf Millionen Euro und drohte damit, vergiftete Lebkuchen in den Handel zu schmuggeln. Als Beweis dafür, dass er es ernst meinte, hatte er eine präparierte Lebkuchenpackung an den Hersteller geschickt. In die mit Marmelade gefüllten Lebkuchenherzen war durch die Verpackung hindurch Blausäure gespritzt worden. Natürlich konnte man die Kunden warnen und aufrufen, auf kleine Einstichlöcher in den Verpackungen zu achten. Sehr wahrscheinlich aber würden viele lieber gleich die Finger von Lebkuchen lassen. Für den Süßwarenhersteller in der Hochsaison natürlich ein Albtraum!
In einem Erpresserschreiben hatte der Lebkuchenmann detaillierte Anweisungen für die Übergabe des Geldes gegeben. Es sollte in Zeitungspapier eingewickelt und einem Plastikbeutel verpackt am Samstag um 16 Uhr auf dem Weihnachtsmarkt im „Märchenwald“ abgelegt werden, und zwar in der „Hänsel und Gretel“-Szene zwischen einem Holzstapel und dem Pfefferkuchenhaus der Hexe. Ort und Zeitpunkt waren gut gewählt. Um diese Zeit würde auf dem Weihnachtsmarkt Hochbetrieb herrschen, und um hinter

den Holzstapel zu greifen, der dekorativ neben dem Hexenhaus aufgeschichtet war, musste man nicht einmal über die Absperrung klettern. Der Märchenwald war verwinkelt, das Areal schlecht zu überblicken, und im Getümmel der Besucher würde der Lebkuchenmann möglicherweise völlig unerkannt die Beute abholen und verschwinden.

Harry Bloch sah sich, eine Bratwurst mit Senf auf einem kleinen Pappteller balancierend, den fraglichen Ort an. Es war Donnerstagvormittag kurz nach 10 Uhr; die Buden hatten gerade erst aufgemacht, und doch waren schon einige Besucher im Märchenwald unterwegs. Lebensmittelerpressung war keine Seltenheit, aber die meisten Erpresser waren seiner Meinung nach schlicht dumm und scheiterten spätestens bei der Geldübergabe. Kommissar Bloch suchte nach einem Ort, von wo aus er am Samstag den Lebkuchenmann beim Abholen des Geldes würde dingfest machen können. Neben der Szene vom gestiefelten Kater war etwas mehr Platz. Vielleicht konnte er hier einen Großvater mimen, der mit den Enkeln die Märchenszene bestaunte.

Am Samstag war der Weihnachtsmarkt noch stärker besucht, als Kommissar Bloch befürchtet hatte. Außer ihm hatten sich noch zwei weitere Polizisten ins Getümmel des Märchenwaldes gestürzt. Sollte der Lebkuchenmann entkommen, würden sie die Kollegen im Streifenwagen am Rande des Marktes über Funk zu Hilfe rufen. Kurz vor vier kam es plötzlich zu einem Handgemenge am Pfefferkuchenhaus. Bloch fluchte und kämpfte sich durch die Menschenmassen. Vor dem Pfefferkuchenhaus stritten zwei Männer und eine Frau um einen Plastikbeutel.

„Geben Sie her“, rief aufgeregt ein Mann um die fünfzig. „Das hab ich gefunden!“ Ganz falsch, rief die Frau, der Beutel gehöre ihr; sie habe ihn nur kurz beim Pfefferkuchenhaus abgelegt, um sich einen Glühwein zu holen. Der

andere Mann, er war vielleicht Anfang dreißig, hielt den Beutel fest umklammert und bestand darauf, dass er ihm gehöre, weil sein Sohn zuerst danach gegriffen habe. Kommissar Bloch taxierte die drei rasch. Der ältere Mann hatte schütteres Haar und war unauffällig schwarz-grau gekleidet, auf dem Rücken trug er einen großen Rucksack. Der jüngere Mann hatte einen Vollbart, trug Jeans, Turnschuhe, eine bei der Kälte etwas zu dünne Sportjacke und hatte eine große Fahrradtasche geschultert. Die Frau war vielleicht Ende dreißig, ihr Haar war unter einer dicken Mütze kaum zu sehen. Sie trug einen halblangen Mantel und eine große Handtasche über dem Arm. Alle drei stritten weiter lauthals, Schimpfworte wurden gewechselt und der ältere Mann trat dem jüngeren gar gegen das Schienbein. Inzwischen waren auch Blochs Kollegen herangekommen und der Menschenauflauf war weiter angewachsen.
Kommissar Bloch spürte, wie ihm der Schweiß ausbrach. Momentan konnte er sich nicht mehr klar erinnern, wie der Plastikbeutel, der am Pfefferkuchenhaus deponiert worden war, überhaupt aussah. War es der, den der Vollbärtige krampfhaft an die Brust drückte? Alle drei Streithähne hatten große Taschen dabei, in denen so ein Beutel längst hätte verschwinden können. Noch während er überlegte, rief einer seiner Kollegen: „Polizei! Sie sind verhaftet!" Darauf entriss die Frau dem Bärtigen den Beutel und sprintete mit beachtlicher Geschwindigkeit davon. Doch auch der Bärtige und der ältere Mann drehten sich um und liefen in unterschiedliche Richtungen davon. Blochs Kollegen waren sich kurz uneins, dann verfolgten beide die Frau.
Harald Bloch blieb verwirrt stehen. Sollte er sich den beiden Kollegen anschließen oder doch lieber den Bärtigen verfolgen? Da ging ihm ein Licht auf.
Wer ist der Lebkuchenmann?

9

Die gestohlenen Christbäume

„Siehst du, hier war schon wieder einer am Werk. Elendes Gesindel“, schimpfte Förster Hennig. Harry Bloch besah den hellen Stumpf der kürzlich gefällten Tanne. Uwe Hennig war ein alter Freund von ihm, und sie hatten sich fast zwei Jahre nicht mehr gesehen.

Harry Bloch war übers Wochenende ins Erzgebirge gefahren, um sich von der Großstadt zu erholen. Er liebte seine Heimat, aber gerade im Advent ging ihm der ganze Rummel manchmal auf die Nerven. Er wohnte in der Innenstadt. Wollte er mal kurz zur Post, musste er den Weihnachtsmarkt überqueren, wo sich die Menschen gegenseitig auf die Füße traten, wo „Stille Nacht“ und „Kling, Glöckchen“ aus den Lautsprechern tönten, wo der Geruch nach gebrannten Mandeln und Glühwein nie verflog. Wollte er rasch zum Bäcker, musste er den Weihnachtsmarkt überqueren. Waren ihm der Kaffee, Bier oder Eier ausgegangen, kam er von der Arbeit oder wollte er abends zum Volleyballtraining – ganz egal, jedes Mal Weihnachtsmarkt. Jeder Weg dauerte eine halbe Stunde länger und vom vielen „O du fröhliche“ bekam er fast einen Tinitus.

Hier im Erzgebirge hatte er gestern Abend aufgeatmet, sich den kalten Wind ins Gesicht blasen lassen und voller Verzückung den Schnee betrachtet. Für ihn war es der erste, den er in dieser Saison zu Gesicht bekam. Wie Uwe ihm berichtete, war er Ende November gefallen und seither nicht weggetaut. Erst in der letzten Nacht waren wieder fünf Zentimeter Neuschnee hinzugekommen.

Bei ihrer Wanderung durch den Wald hatte Uwe von den Christbaumdieben erzählt. „Das nimmt in den letzten Jahren immer mehr zu“, meinte er. „Und die Diebe werden immer dreister. Aus einem Waldstück weiter im Norden wurden letzte Woche fünfzig Nordmanntannen geklaut. Die haben die Diebe mit dem Hänger über Nacht abtransportiert und wahrscheinlich weiterverkauft.“

„Wurden die Diebe denn gefasst?“, fragte Harry.

„Ach, wo denkst du hin. In der Vorweihnachtszeit werden so viele Bäume transportiert – auch nachts –, das kann man nicht alles kontrollieren. Und das hier“, Uwe gestikulierte und zeigte auf einen Baumstumpf am Wegesrand, „ist zwar nur ein einzelner Baum, sicher für den Eigenbedarf, aber Diebstahl bleibt Diebstahl! Das dauert zehn bis zwölf Jahre, bis ein Baum so groß ist.“

Harry Bloch trat von einem Fuß auf den anderen. Ihm war kalt. „Den müsste man doch finden können. Die Spuren sind ja gut zu sehen. Sind das Schneeschuhe?“

„Ja, Schneeschuhe“, bestätigte Uwe. „Keine Schleifspuren im Schnee, also hat er den Baum tatsächlich auf die Schulter genommen.“

„Na, los, nehmen wir die Verfolgung auf“, meinte Harry Bloch und deutete nach links. „Dort drüben liegt Lauterbach, oder?“

Jetzt lachte ihn sein Kumpel aus. „Du bist echt ein Stadtkind geworden. Hast noch nie Schneeschuhe gesehen, was? Die Spur führt doch andersrum. Der breite Teil vom Schuh ist vorn. Er ist in die andere Richtung gegangen, nach Sorgau!“ Uwe wandte sich nach rechts.

„Na, so was", murmelte Harry verblüfft und kratzte sich den Kopf. Er betrachtete immer noch die Spuren im Schnee. „Da hat der Dieb doch tatsächlich einen ganz alten Trick benutzt. Ganz schön umständlich."

Sein Kumpel war inzwischen schon ein paar Schritte gegangen, und Harry rief ihm nach: „Stopp mal, Uwe. Wir müssen nicht nach Sorgau, sondern in die andere Richtung. Guck dir die Spuren doch mal genauer an!"

Was war ihm aufgefallen?

10

Die Brüder Machnik

Am Abend des zweiten Advent verschwand Bernhard Machnik spurlos. Am Montag benachrichtigte seine Ehefrau Anna die Polizei.

„Na, warten Sie mal ab, es sind ja noch nicht einmal 24 Stunden."

„Mein Mann ist 82 und nicht gut zu Fuß. Außerdem hat er Herzprobleme; er braucht doch seine Medikamente!" Die Frau war völlig aufgelöst. Auf die Frage, ob ihr Mann verwirrt sei und möglicherweise draußen herumirre, entgegnete sie, er sei im Kopf völlig fit, von Demenz keine Spur. Aber die Beine! Und das Herz! Sie mache sich die größten Sorgen und spüre, dass ihm irgendetwas Schreckliches zugestoßen sei. Im Übrigen verdächtige sie ihre beiden Söhne. „Moment", unterbrach sie Harry Bloch. „Sie glauben, Ihre Söhne hätten dem Vater etwas angetan?"

Anna Machnik rang die Hände. „Ach, ‚angetan' – nein, das klingt so schrecklich. Sicher nicht. Aber am Sonntag waren die beiden noch zum Kaffeetrinken da."

Was nach netter Familienrunde um den Adventskranz klang, war jedoch etwas ganz anderes gewesen. Bloch brauchte eine Weile, bis er der widerstrebenden Frau Machnik die Informationen entlockt hatte. Der alte Machnik änderte alle paar Monate sein Testament und hatte die

Söhne damit schon zur Weißglut getrieben. Auch am zweiten Advent hatte er sie zu sich bestellt, um sie über sein nun wirklich endgültiges Testament zu informieren. Glücklich seien sie hinterher beide nicht gewesen. Sie selbst, Anna, war bei dem Gespräch nicht dabei gewesen, kannte die Details also nicht.
Harry Bloch besuchte die beiden Söhne, die sich rasch gegenseitig beschuldigten.
„Der Martin hat den Alten womöglich in der Badewanne mit Säure aufgelöst. Er hat schon mal gesagt, dass er das am liebsten tun würde. Wär ein Leichtes für ihn als Chemiker", vermutete Jens Machnik. Jens, der ältere der beiden Brüder, war Metzger. „Er war stinksauer gestern nach dem Treffen. Der Alte hatte uns beide aus dem Testament gestrichen."
„Und Sie waren nicht sauer?"
„Doch, auch. Aber ich hatte schon halb damit gerechnet. Er ist immer ungenießbarer geworden in den letzten Jahren. Dem hat das Spaß gemacht, uns in die Suppe zu spucken."
Kommissar Bloch sah sich um in der Metzgerei.
„Viel zu tun grade?", fragte er.
„Jede Menge, so kurz vor Weihnachten. Können Sie sich sicher denken", entgegnete Jens Machnik. „Ich bin seit heute früh um 7 durchweg im Einsatz. Meine Gesellen waren die ganze Zeit dabei, die können das bestätigen."
„Wo waren Sie gestern Abend?"
„Mit meiner Frau im Kino. Wenn Sie wissen wollen, worum es in dem Film ging, müssen Sie aber meine Frau fragen. Ich bin eingeschlafen. War so eine Liebeskomödie, die sie unbedingt sehen wollte."
Zum Schluss warf Kommissar Bloch noch einen Blick in den Kühlraum, wo Gänse und Schweinehälften baumelten.

Ihn fröstelte. Etwas Verdächtiges sah er nicht.
Martin Machnik, Chemielehrer und gerade wegen eines grippalen Infekts krankgeschrieben, empfing den Kommissar hustend. Er gab an, den gestrigen Abend und die Nacht krank im Bett verbracht zu haben. Gleich als er vom Kaffeetrinken bei den Eltern wiedergekommen sei, habe er sich ins Bett gelegt. Sein Bruder sei nach dem Gespräch sehr aufgebracht gewesen, weil er im Testament nicht mehr vorkam. „Der hat Vater womöglich wie eins seiner Rinder abgeschlachtet und im Wald vergraben."
„Es ist in der Großstadt gar nicht mal so einfach, ein ungestörtes Stück Wald zu finden", überlegte Bloch.
„Oder meinetwegen im Schrebergarten", entgegnete der jüngere Machnik und hustete. „Oder schauen Sie mal im Kühlraum nach."
„Guter Tipp, danke", sagte Kommissar Bloch und fragte, ob er mal die Toilette benutzen dürfe. Er durfte und fand so heraus, dass Martin Machnik gar keine Badewanne besaß, nur eine etwas versiffte Dusche. Dann wollte er einen Blick in den Garten hinterm Haus werfen. Machnik hustete und schimpfte ein bisschen, wickelte sich dann aber einen überdimensionierten Schal um den Hals und begleitete den Kommissar in den Garten. Kommissar Bloch hatte nicht vermutet, frisch aufgeworfene Erde zu finden und fand auch keine. Aber hinter der Garage stand eine sehr große Regentonne aus Kunststoff. Ein Deckel war nicht darauf und als er hineinschaute, war sie leer und blitzblank.
„Nanu, kein Wasser drin? Es hat doch so viel geregnet die letzten Tage."
„Die hab ich am Samstag leer gemacht, falls es demnächst kälter wird. Ich wollte nicht, dass das Wasser drin gefriert."
„Ach so, verstehe", sagte Bloch. Es war zwar immer noch mild, aber seit Tagen blies ein kräftiger Wind, der ihn frös-

teln ließ. Gerade riss ein Windstoß ein paar letzte welke Blätter vom Birnenbaum, die vor ihm zu Boden fielen. Ein Bild der Vergänglichkeit. Kommissar Bloch blickte auf das tote Laub und seufzte tief auf. Es war ein Jammer! Das Wetter schlug ihm aufs Gemüt. Und gleich würde er den jungen Machnik verhaften müssen.
Warum?

11

Ein frommer Ganove

An diesem Dienstagmorgen nahm Kommissar Harald Bloch einen Umweg zur Arbeit, um einen der üblichen Staus zu umgehen. Er fuhr durch das Villenviertel nördlich des Zentrums. Hier war es vergleichsweise ruhig um diese Zeit. In den letzten Wochen waren in dieser Gegend immer wieder Autos gestohlen worden, besonders die besseren Fabrikate, und Bloch hielt die Augen offen, so gut ihm das zu dieser frühen Stunde eben gelang. In der Nähe der Marienkirche entdeckte er plötzlich einen alten Bekannten. „Schmidtchen", murmelte er, hielt seinen alten Skoda neben dem bekannten Autodieb und Hehler und kurbelte das Fenster herunter.

„Guten Morgen, Herr Schmidt!", rief er jovial. „Sie sind ja früh auf den Beinen."

„Aber völlig legal!", rief der Angesprochene. „Meine Bewährungsauflagen habe ich alle erfüllt. Diesmal können Sie mir gar nichts!"

„Schon gut, Herr Schmidt. Was machen Sie denn hier zu so früher Stunde?"

„Na, ich war in der ... bei der ..." Porsche-Schmidtchen, wie er wegen seiner Vorliebe für schöne Autos auch genannt wurde, ruderte mit den Armen und zeigte zur Kirche, durch deren Fenster ein schwacher Lichtschein nach außen drang.

„Sie waren bei der Rorate-Messe?“ Bloch staunte. „Ich wusste gar nicht, dass Sie religiös sind.“
„Na, Advent, Sie wissen schon“, sagte Schmidtchen mit knarziger Stimme. „Man wird ein bisschen sentimental, denkt über sein Leben nach, bereut das ein oder andere.“
„... und beichtet?“, fragte der Kommissar.
„Das würde Sie interessieren, was? Aber am Beichtgeheimnis kommen Sie nicht vorbei!“
„Ich weiß“, entgegnete Bloch. Dass sich Porsche-Schmidtchen so redselig gab, war ihm nicht geheuer, und er fragte nach: „Was wurde denn gesungen in der Rorate-Messe?“
„Ach, darauf hab ich nicht geachtet. Ich war zu sehr ins Gebet versunken. Aber zum Glück wurde heute mehr Orgel gespielt. Ich bin sowieso nicht gut bei Stimme“, krächzte Schmidtchen. Tatsächlich klang er, als habe er seine Stimmbänder jahrelang mit schweren Zigarren und Whiskey malträtiert.
„Und dann machen die Augen auch nicht mehr so gut mit bei schwachem Licht, wenn man in die Jahre kommt, und man kann die Texte nicht mehr gut lesen?“
„Wieso ‚in die Jahre kommt‘?“, brauste Schmidtchen auf. „Ich sehe noch sehr gut. Selbst bei den schwachen Funzeln in der Kirche. Ein paar Glühbirnen könnten die durchaus mal austauschen, aber egal. Eine Brille brauche ich noch lange nicht!“
„Ach, die Lampen sind schlecht in der Kirche?“
„Na, das sehen Sie doch selbst!“, rief Schmidtchen ungeduldig und deutete auf den schwachen Lichtschein, der durch die Kirchenfenster drang.
„Stimmt, man sieht es sogar von außen“, entgegnete Kommissar Bloch bedächtig. „Aber ich wette, Sie waren gar nicht drin.“
Wieso war er da so sicher?

12

Weihnachtsengel in Not!

Der Engel lag im Koma, konnte also nicht selbst erzählen, was geschehen war. Klar war, dass er mit dem Fahrrad gestürzt war und sich schwere Kopfverletzungen zugezogen hatte. Zum Zeitpunkt des Unfalls trug er ein langes weißes Gewand, dunkelbraune, gefütterte Stiefel, eine mit Goldfäden durchzogene weiße Lockenperücke und zwei sperrige Flügel aus Kunststoff. Mit bürgerlichem Namen hieß er Kurt Köhler. Herr Köhler war offensichtlich auf dem Weg zu einer Laientheaterprobe gewesen. Warum er schon unterwegs sein Kostüm trug, konnte niemand sagen. Vielleicht um besser in die Rolle hineinzufinden. Vielleicht um etwas Adventsstimmung an diesem trüben Mittwoch zu verbreiten. Wer konnte das schon wissen?

Gestürzt war er an der Kreuzung Waldstraße/Ecke Gerhardt-Hauptmann-Straße. Kurz darauf war zwei Ampelkreuzungen weiter ein roter Mercedes wegen zu schnellen Fahrens von der Polizei angehalten worden. Am rechten vorderen Kotflügel waren ein paar Kratzer zu sehen, die auf einen Zusammenstoß hindeuteten. Doch der Fahrer, Bernhard Reichl, bestritt, etwas mit dem Unfall zu tun zu haben. Zwei Augenzeugen des Unfalls hatten sich gemeldet, deren Aussagen einander allerdings widersprachen.

Harald Bloch war an den Ermittlungen zwar völlig unbetei-

ligt, hörte aber, wie sich zwei Kollegen von der Verkehrspolizei in der Kantine unterhielten. Sie wurden nicht schlau aus der Sache. „Die wirkten doch beide nicht so, als wären sie verwirrt oder könnten nicht gut sehen. Entweder ist der Mercedes-Fahrer unschuldig und einer von beiden will ihn zu Unrecht belasten oder der Mercedes-Fahrer ist schuldig und einer der Zeugen will ihn schützen. Ich verstehe es nicht", sagte eben der eine Beamte, ein kleiner Dicker.
„Vielleicht ist der Fahrer, dieser Reichl, ein guter Bekannter von einem der Zeugen. Verwandt sind die ja offensichtlich nicht miteinander", sagte sein Kollege, ein großer Dicker mit Bart.
„'tschuldigung", mischte sich Bloch in das Gespräch ein. Sein Schnitzel war extrem zäh und versalzen, die Karotten totgekocht und die Kartoffeln ein einziger strukturloser Klumpen. Lustlos stocherte er in dem Mittagessen herum und eine Abwechslung, eine kleine Denksportaufgabe, war ihm höchst willkommen. „'tschuldigung. Ich hab versehentlich mitgehört. Was sagen denn die beiden Unfallzeugen?"
Der Kleine sah ihn aus zusammengekniffenen Augen unfreundlich an, aber der Bärtige gab bereitwillig Auskunft: „Die Zeugen sind zwei Fußgänger, die auch den Notarzt verständigt haben. Beide männlich, der eine Anfang dreißig, der andere Mitte sechzig. Sie standen auf der anderen Straßenseite genau gegenüber der Unfallstelle. Der Jüngere sagt, er habe gesehen, wie der rote Mercedes aus der Waldstraße kam und in die Gerhard-Hauptmann-Straße rechts einbog und dabei das Verkehrsopfer, also quasi den Engel, was der Herr Köhler ist, übersehen hat, sodass dieser zu Fall kam. Er habe einen deutlichen Knall gehört und beschwört, dass es zu einem Zusammenstoß kam. Der Ältere sagt, der Engel sei auf dem Fahrrad wie ein Rowdy

gefahren, habe sich überhaupt nicht an die Verkehrsregeln gehalten, sondern sei teilweise sogar auf dem Gehweg gefahren. Der Mercedes habe beim Abbiegen den Radfahrer nicht berührt und die Kratzer seien schon vorher am Kotflügel dran gewesen. Der Radfahrer sei erst hinterher ohne Fremdeinwirkung gestürzt. Dass der Radfahrer auf dem Gehweg gefahren ist, hat übrigens auch der jüngere Zeuge ausgesagt."

„Interessant", sagte Bloch und stocherte in den Karotten. „Mir fallen Radfahrer auch ab und zu unangenehm auf, besonders wenn sie unbeleuchtet im Dunkeln fahren. Aber es ist sicher nicht bloß eine allgemeine Abneigung gegen Radfahrer. Der Zeuge hat vermutlich noch andere Gründe, warum er den Autofahrer deckt. Ich denke, da lohnt es sich, noch mal nachzubohren."

Warum war Kommissar Bloch überzeugt, dass der Mercedes-Fahrer den Unfall verursacht und der ältere Zeuge gelogen hat?

13

Luciatag

„Herzlichen Glückwunsch zum Namenstag“, sagte der Kommissar zu Lucie Lehmann. Als sie nicht antwortete, fuhr er fort: „Heute ist doch der Gedenktag der heiligen Lucia. Ein schöner Name übrigens, besonders in dieser dunklen Zeit. Er kommt vom lateinischen lux, das Licht. Macht es Ihnen übrigens etwas aus, wenn wir etwas mehr Licht anmachen?“

Es war eine ungewöhnliche Situation, in der sich Kommissar Bloch befand. Durch den Redeschwall hatte er versucht, seine Überraschung zu überspielen. Am frühen Abend des 13. Dezember war er noch einmal zu einem Tatort zurückgekommen und hatte hier die Schwester des verstorbenen Joachim Lehmann angetroffen. Vor drei Wochen hatte das Architekturbüro in der Otto-Dix-Straße 83 in Flammen gestanden. Inzwischen wusste man, dass es Brandstiftung gewesen war. Eine Autopsie des verkohlten Leichnams hatte außerdem ergeben, dass Joachim Lehmann nicht etwa bei dem Brand gestorben war, sondern dass ihm zuvor jemand mit einem stumpfen Gegenstand den Schädel eingeschlagen hatte. Der Täter war noch nicht gefasst. Als Harry Bloch, wie das manchmal so seine Art war, in Gedanken durch die Stadt fuhr und gar nicht richtig mitbekam, wohin es ihn verschlug, hatte er sich vor dem Haus mit der Nr. 83 wiedergefunden. Einem Impuls folgend war er in den ersten Stock hinaufgestiegen und hatte im Büro des ermordeten Architekten dessen Schwester vorgefunden.

Lucie Lehmann war eine schöne Frau Anfang fünfzig. Sie hatte dunkelrotes Haar, große grüne Augen und eine schmale, leicht geschwungene Nase. Sie trug einen eleganten cremefarbenen Mantel. Das Feuer war in diesem Büro ausgebrochen. Die komplette Einrichtung war ein Opfer der Flammen geworden. Nun wurde der Raum von nur zwei Kerzen eines Adventskranzes mehr schlecht als recht erleuchtet. Kommissar Bloch war sich sicher, dass der Adventskranz nicht auf dem Tisch gelegen hatte, als er das letzte Mal am Tatort gewesen war.

„Der dritte Advent ist erst am Sonntag", entgegnete Lucie Lehmann. „Sie müssen sich mit zwei Kerzen begnügen, Herr Kommissar."

„Was tun Sie hier? Die Ermittlungen sind noch nicht abgeschlossen, Frau Lehmann. Sie dürften gar nicht hier sein."

„Der schreckliche Tod meines Bruders lässt mich nicht los", sagte Lucie Lehmann leise. „Immer wieder komme ich heimlich hierher. Aber es ist interessant, was Sie vorhin über meinen Namen gesagt haben – das Licht. So ein Feuer kann auch Licht in die Dinge bringen."

„Von welchen Dingen reden Sie?"

„Beispielsweise von einem Brief meines Bruders, den er wenige Tage vor seinem Tod geschrieben hat. Mein Bruder hat ihn nicht mehr abschicken können; er war an einen Anwalt adressiert, und mein Bruder hat darin geschrieben, dass er sein Testament ändert. Er hatte die Befürchtung, dass seine Frau und ihr Liebhaber etwas gegen ihn im Schilde führen."

Frau Lehmann zog ein Taschentuch hervor und schnäuzte sich.
„Moment", Harry Bloch brummte der Kopf. „Diesen Brief haben Sie hier gefunden?"
„Er lag in einem Gesetzesbuch. Ich habe letzte Woche hier vom Schreibtisch ein Buch mitgenommen – ja, ich weiß, das hätte ich nicht tun dürfen –, jedenfalls vermisse ich meinen Bruder so sehr und wollte gern ein Andenken an ihn haben. Und die Gesetzesbücher waren sein ein und alles! Zwischen den Seiten dieses Buches lag der Brief."
Frau Lehmann seufzte tief auf und starrte in die Kerzenflammen.
„Warum sind Sie damit nicht gleich zur Polizei gegangen?", fragte Harry Bloch knapp.
„Ich war mir unschlüssig, wie das wirken würde. Durch die Testamentsänderung bin ich die Haupterbin. Und ich wollte meiner Schwägerin nicht schaden. Ich mag sie so gern! Was, wenn mein Bruder sich geirrt hat und sie ihm treu war?" Frau Lehmann blickte den Kommissar mit großen, tränenfeuchten Augen an. „Ich kann mir nicht vorstellen, dass sie mit dem Tod meines Bruders etwas zu tun hat!"
„Liebe Frau Lehmann", begann Kommissar Bloch etwas schwerfällig, „jetzt haben Sie Ihrem Namen leider keine Ehre gemacht. Statt Licht ins Dunkel zu bringen, versuchen Sie, die ganze Sache zu vernebeln!"
Warum glaubt der Kommissar, dass Frau Lehmann lügt?

14

Verfolgungsjagd mit Hindernissen

Er spielte zwar regelmäßig Volleyball, aber ganz so fit, wie er sich gerne einbildete, war er doch nicht mehr. Das musste sich Kommissar Harry Bloch eingestehen, als er keuchend die Hermann-Kant-Straße hinunterrannte. Im Grunde war es sowieso eine Altherrenmanschaft, der der anschließende Stammtisch bei ein paar Bier genauso wichtig war wie das Training selbst. Also wo sollte da die Kondition herkommen, fragte er sich, als er dem Kollaps nahe in die Stieglitzstraße einbog, immer der hochgewachsenen Gestalt mit dem großen Bündel in der Hand hinterher, die er nun schon einen halben Kilometer lang verfolgte. Wann war er das letzte Mal so weit in einem derartigen Affentempo gerannt? Wenn eine Verfolgungsjagd schon nötig war, so zumindest Kommissar Blochs bescheidene Meinung, dann sollte sie doch bitte schön mit dem Auto durchgeführt werden. Aber eine Verkettung von Umständen hatte dazu geführt, dass er dem Bankräuber von der Sparkasse am Dietrichplatz bis hierher zu Fuß nachhetzen musste.
Harry Bloch fluchte leise vor sich hin, als er sah, wie der Bankräuber am Ende der Straße über eine Mauer hechtete. Jetzt auch noch eine Klettereinlage! Er war sich nicht sicher, ob er da eine bessere Figur abgeben würde als beim Sprin-

ten. Mit letzter Kraft erreichte er die Mauer – ihm fiel ein, so wie ihm in stressigen Situationen häufig völlig unnützes Wissen einfiel, dass hinter der Mauer das Zisterzienserkloster lag. Er war einmal zu einer Führung hier gewesen; das war aber schon Jahre her. Der Zisterziensermönch, der damals die Führung gemacht hatte, war ein freundlicher Herr mit einem österreichischen Akzent gewesen, der ihn, wer weiß, wieso, ein wenig an einen Pinguin erinnert hatte.

„Jetzt, wann hab ich zum letzten Mal so einen Hindernislauf mitgemacht?", fragte sich Harry Bloch, als er sich über die Mauer wuchtete. Auf der anderen Seite war ein Klostergarten. Es war niemand zu sehen bis auf einen Mönch in einer braunen Kutte, die braune Kapuze über dem Kopf, der gemessenen Schrittes den Weg entlangwandelte.

Kommissar Bloch war völlig außer Atem, deswegen hielt er sich nicht mit Höflichkeiten auf, sondern keuchte knapp: „Wo ist er hin?"

„Dort drüben über die Mauer", sagte der Ordensmann und deutete zur anderen Seite des Klostergartens. Noch eine Mauer.

„Scheiße", entfuhr es Bloch. Er schickte ein „Verzeihung" hinterher, ehe er weiterrannte. Ob er mit dieser Sporteinlage so viel Energie verbrauchte, dass der ganze Stollen und die Lebkuchen der letzten Tage sich auf der Waage gar nicht bemerkbar machen würden? Plötzlich fiel ihm der leckere Stollen ein, den eine Kollegin gestern für alle ausgegeben hatte. Harry Bloch war an der jenseitigen Klostermauer angekommen und schickte sich eben an, auch diese zu erklimmen, als ihn ein jäher Erkenntnisblitz traf. Wie vom Donner gerührt blieb er vor der Mauer stehen. Dann schlug er sich vor die Stirn. „Ich Idiot!", brüllte er, drehte um und lief zurück. Was war ihm aufgefallen?

15

Der gefälschte Räuchermann

Am Samstag vor dem dritten Advent waren Harald Bloch und seine Ehefrau Daniela bei der Schwiegermutter zum Kaffeetrinken eingeladen. Ihr halbwüchsiger Sohn Benjamin hatte sich erfolgreich davor gedrückt, und Harry Bloch bedauerte, dass er das nicht ebenso tun konnte. Eine Ausrede hätte seine Frau nicht gelten lassen.

So saßen sie am frühen Nachmittag im überheizten Wohnzimmer von Emmi Lehmann und aßen Stollen und Kuchen. Dazu servierte Emmi, wie Harald Bloch missbilligend feststellte, erstaunlich dünnen Kaffee. Stirnrunzelnd blickte er in seine Tasse, fast sicher, er würde den Boden des Porzellans durch das fadenscheinige Getränk hindurch sehen können. Daniela stieß ihn warnend unter dem Tisch mit dem Fuß an.

„Harald, nimm dir noch Kuchen!“, rief die Schwiegermutter in Befehlston. Etwas widerstrebend betrachtete Bloch die Sahnetorte. Es war zwar erst Mitte Dezember, aber er hatte schon so viel geschlemmt, dass er sich fühlte wie ein gestopfter Puter. Er sah sich um. Die gute Stube war mit allerlei zur Jahreszeit passendem Dekokram vollgestellt. Besonders die erzgebirgische Handwerkskunst hatte es Emmi angetan. Wohin man auch sah, überall begegnete man den finsteren Blicken von Nussknackern und Räuchermännern. An jedem möglichen Platz standen bemalte Engel, Pyramiden, Leuchter und in jedem Fenster ein Schwibbogen. Harry Bloch war das alles zu eng und zu viel. Er stand auf, um sich etwas Bewegung zu verschaffen, und ging zum Fenster. „Harald, nimm dir doch noch Kuchen!", rief Emmi wieder. „Noch Kaffee, Dani?" Seine Frau nickte und aß mit gutem Appetit Stollen.

„Ein schöner Räuchermann, ist der neu?", fragte Bloch und zeigte auf eine besonders große Holzfigur, die auf einem kleinen Tischchen neben dem Fenster stand. Der Räuchermann war als Förster gekleidet und trug ein grünes Hütchen auf dem Kopf. In der einen Hand hielt er ein Fernglas, in der anderen eine Pfeife. Sein Mund war zum räuchermanntypischen „Oh" geöffnet, was ihm ein erstauntes Aussehen verlieh, so als wundere er sich darüber, dass er sich gar nicht im Wald, sondern in Emmis guter Stube befand.

„Ja, den hat mir Ottmar kürzlich geschenkt", sagte Emmi mit Wohlwollen. Ottmar war der jüngere Bruder von Daniela.

„Interessant", sagte Bloch und nahm den Räuchermann in die Hand. Von seinem Schwager wusste er, dass er häufig knapp bei Kasse war, weil er regelmäßig Geld bei Pferdewetten verlor. Und erzgebirgische Handwerkskunst war teuer. Er öffnete den Räuchermann, wobei ihm feine Rauchspuren zeigten, dass Emmi ihn schon in Betrieb genommen hatte. Innen war der hohle Mann genauso fein geschliffen wie außen. Bloch steckte die Teile wieder zusammen und besah sich die Unterseite. Dort war ein Stempel mit dem Hinweis „Echt erzgebirgische Handarbeit aus Seifen" zu lesen.

„Harald, bitte stell meinen Räuchermann wieder hin und setz dich", rief die Schwiegermutter. „Du machst mich ganz nervös! Und nimm noch Kuchen!"

„Weißt du zufällig, wo Ottmar den gekauft hat?“, fragte Harald.
„Na, im Erzgebirge, nehme ich an!“, entgegnete Emmi indigniert.
„Ich vermute, er war eher auf einem Asiamarkt in Tschechien“, überlegte der Kommissar laut. Dass es auch bei Handwerkskunst Markenfälschung gab, war ihm neu. Aber dieses „Raachermannel“ war ganz sicher nicht echt.
Woran erkannte Kommissar Bloch die Fälschung?

16

Süße Rache

Ganz plötzlich beim Kaffeetrinken sei er zusammengebrochen, berichtete gefasst die erst vor wenigen Stunden zur Witwe gewordene Martina Schmitzke. Sie hatte sofort den Notarzt verständigt, aber Herbert Schmitzke, 53 Jahre und leicht übergewichtig, war noch im Krankenwagen verstorben. Seine Leiche wurde gerade obduziert, aber es bestand der Verdacht auf eine Vergiftung.

„War außer Ihnen und Ihrem Mann noch jemand bei dem Kaffeekränzchen dabei?“, wollte Kommissar Bloch wissen.

„Oh ja! Unsere Tochter ist gerade zu Besuch. Seit sie in Hamburg studiert, sehe ich sie nicht mehr oft. Außerdem hatte ich eine gute Freundin von mir eingeladen, und Herbert hatte seine Assistentin Frau Markert mitgebracht.“

„Seine Assistentin?“, wunderte sich Kommissar Bloch. „Machte er das öfter?“

Frau Schmitzke lächelte schief. „Nein, sonst sahen sie sich nur in der Firma, soweit ich weiß. Aber beide wollten später noch Überstunden machen, und damit er wenigstens kurz Hanna, unsere Tochter, sehen konnte, ist er zwischendurch nach Hause gekommen.“

„Ging es ihm gut, als er zu Hause eintraf?“, fragte der Kommissar.

„Ach, er war hektisch wie immer", entgegnete die Witwe.
„Da haben Sie noch keine Veränderung bemerkt? Was ich fragen wollte: Kann er schon vorher bei der Arbeit etwas zu sich genommen haben?"
„Sicherlich! Er war ja seit dem frühen Morgen dort."
„Meinen Sie, seine Assistentin könnte ihn vergiftet haben?"
Bei dieser Frage lachte Frau Schmitzke überraschend hell auf, beherrschte sich dann aber gleich wieder und sah den Kommissar ernst an: „Ja, das halte ich für durchaus möglich. Herbert war ein sehr ... fordernder Mann. Und nicht einfach im Umgang."
„Was haben Sie denn verzehrt in dieser familiären Kaffeerunde?"
„Kaffee und meine frisch gebackenen Plätzchen."
„Kann ich die Plätzchen mal sehen?", fragte der Kommissar.
Frau Schmitzke holte einen großen Teller mit Weihnachtsplätzchen aus der Küche. Es gab verschiedene Sorten: Vanillekipferl, ausgestochene Mürbeteig-Herzen, Kokosmakronen und runde Plätzchen mit einem Marmeladekleks in der Mitte.
„Wir haben alle davon gegessen. Wollen Sie mal probieren?"
Der Kommissar zögerte. Eigentlich mochte er Plätzchen nicht besonders. „Welche sind denn besonders gut?", fragte er.
„Die Kokosmakronen", entgegnete sie, und er griff nach kurzem Überlegen nach einem der Mürbeteig-Herzen. Es war mit Schokolade überzogen.
„Ach, nehmen Sie nicht dieses!", rief Frau Schmitzke und lachte verlegen. „Gerade bei den Ausstechern ist mir ein Blech schlecht geraten. Die sind ein wenig verbrannt, sehen Sie? Deswegen habe ich das mit Schokolade kaschiert. Nehmen Sie lieber eins ohne Schokolade, die sind besser.
Sie steckte sich selbst auch eins der Mürbeteig-Herzen in

den Mund. Der Kommissar nahm ebenfalls ein Plätzchen. Es schmeckte gar nicht übel.
„Hm, kann ich kurz Ihre Tochter sprechen?“, fragte er dann.
Etwas widerwillig zeigte ihm Frau Schmitzke das Zimmer, in das sich ihre Tochter zurückgezogen hatte. Sie bat ihn, rücksichtsvoll zu sein, der Todesfall gehe dem Kind sehr nahe. Das „Kind“ war Anfang 20, saß auf dem Bett des ehemaligen Kinderzimmers, rauchte und tippte auf einem Smartphone herum. Sie bestätigte, dass ihr Vater völlig normal und gesund gewirkt habe, als er nach Hause gekommen war, dass er mit gutem Appetit die Plätzchen gegessen hätte – er mochte sie alle, je süßer, desto besser – und dann plötzlich zusammengebrochen sei. Seine Assistentin bezeichnete sie als „dumme Schnepfe“. „Die ist nicht älter als ich, himmelte Papa die ganze Zeit an. Aber selber aß sie gar nichts, die blöde Ziege. Wahrscheinlich um sich ihre super Figur nicht zu ruinieren.“
„Haben Sie selbst denn von den Plätzchen gegessen?“, fragte der Kommissar.
„Klar, ich hab mich an die Vanillekipferl gehalten. Die bäckt Mama immer extra für mich. Meine Lieblingssorte. Na, und die Florentiner und Kokosmakronen esse ich auch total gerne!“
„Und haben die anderen auch kräftig zugelangt?“
„Klar. Mama und ihre Freundin Petra haben auch viele Plätzchen gegessen. Die schmecken eben richtig gut.“
„Das stimmt! Ich glaube, ich werde Ihre Mutter beim Gehen fragen, ob ich mir noch ein paar für unterwegs mitnehmen darf.“
Auf welche Plätzchensorte hat es der Kommissar besonders abgesehen?

17

Da wächst kein Gras drüber

Der alte Herr Blumenbach war seit einem halben Jahr verschwunden. Vermisst gemeldet hatten ihn sein Sohn und die Schwiegertochter, die mit ihm in einem hübschen Einfamilienhaus am Rande der Stadt lebten. Von einem Tag auf den anderen war Blumenbach senior verschwunden. Der Sohn vermutete eine spontane Urlaubsreise. Es war das schönste Sommerwetter und der Alte sei immer gern gewandert, also vielleicht in den Harz gefahren oder in die Sächsische Schweiz. Als er nach zwei Wochen immer noch nicht zurück war, gab Junior eine Vermisstenmeldung auf. Sechs Monate waren seither vergangen. Die Polizei hatte erfolglos gesucht. Die Nachbarn und Freunde waren besorgt.

„Der ist doch schon lange nicht mehr verreist“, berichtete eine unmittelbare Nachbarin. „Er war nicht mehr gut zu Fuß. In die Kirche ist er noch regelmäßig gegangen, sonst hat man ihn aber kaum noch gesehen.“ Sie war nicht die Einzige, die vermutete, dass da etwas nicht mit rechten Dingen zugehe. Als dann Mitte Dezember eine Cousine des Vermissten auftauchte, die wissen wollte, zwischen Vater und Sohn Blumenbach habe es früher erbitterte Streitereien gegeben, beschloss Kommissar Bloch, dem Junior noch einmal einen Besuch abzustatten.

Es war am frühen Abend des 17. Dezember, ein nasskalter Tag, als er seinen alten Skoda im Finkenweg parkte. Hier draußen war vom Großstadttrubel nichts mehr spürbar. Beinahe ländlich wirkte die Idylle der Einfamilienhäuser, die aus den 1920er Jahren stammen mochten. Hinter den Fenstern des Hauses Nummer 3 leuchteten Schwibbögen. Der Kommissar klingelte.

Blumenbach junior erschien, begrüßte den Kommissar freundlich und bat ihn auf einen Glühwein herein. Bloch lehnte den Alkohol ab, deutete aber an, dass ihm ein Kaffee nicht unwillkommen sei. Frau Blumenbach war nicht zu sehen. Man hörte sie aber im oberen Stockwerk Klavier spielen. Kommissar Bloch lauschte einen Moment, dann nahm sein Gesicht einen entspannten Ausdruck an. Sie spielte sein liebstes Adventslied: „O komm, o komm, Immanuel".

Verstohlen sah der Kommissar sich um. Ganz gründlich war das Haus noch nicht durchsucht worden. Bisher hatte es keinen Anlass dazu gegeben. Sohn und Schwiegertochter des Vermissten waren zwar wenig hilfreich bei der Aufklärung gewesen, aber bei ihren Aussagen hatten sie sich nicht in Widersprüche verstrickt. Nun plauderte er mit Blumenbach junior und fragte, ob er sich ein wenig umsehen dürfe. Er habe überlegt, ein ähnliches Haus in der Gegend zu mieten. Junior war überaus zuvorkommend und gab dem Kommissar eine kleine Führung.

Der Garten war übersichtlich. In einem kleinen Geräteschuppen standen Rasenmäher, Gartengeräte und ein alter Liegestuhl. Im Keller waren die Wände ordentlich gekalkt. Nur ganz am Ende des schmalen Kellergangs blühte an der Wand der Salpeter.

„Das ist wohl die besonders feuchte Ecke?", fragte der Kommissar.

„Ja, leider, da kann man nichts machen. Kennen Sie sicher auch, wenn Sie in der Stadt wohnen."
„Ja, kenne ich."
Die Wohnräume waren sehr aufgeräumt. Alles war hervorragend in Schuss. Der Kommissar erinnerte sich, dass Blumenbach senior Bauingenieur gewesen war. Unter der Treppe, die zum Dachboden führte, war eine kleine Abstellkammer – leer. Der Dachboden war verwinkelt. Ein Schornstein führte mitten hindurch.
„Haben Sie den in Benutzung?", fragte der Kommissar.
„Nein, noch nicht. Wir wollen aber einen Ofen anschließen. Der Schornsteinfeger muss nur noch sein Okay geben." Sie gingen wieder hinunter.
Es gab eine kleine Speisekammer – vollgestellt mit Marmeladegläsern, eingeweckten Birnen und Küchengeräten. Der Kommissar versuchte, in die hintere, etwas dunkle Ecke zu spähen, ohne unhöflich zu wirken. Das gelang ihm nur halb. Überhaupt hatte er das Gefühl, dass der freundliche Herr Blumenbach langsam etwas genervt war von seinem Besuch. Er hüstelte ungeduldig und sagte: „Wir sind natürlich dankbar, wenn Sie die Suche nach meinem Vater weiterbetreiben. Es schmerzt sehr, dass er nicht bei uns ist. Gerade jetzt, so kurz vor Weihnachten. Das wäre das erste Weihnachtsfest ohne ihn! Wenn Sie ihn finden, wenn Sie irgendetwas tun können, das wäre das schönste Geschenk für uns!"
„Oh", sagte der Kommissar gedehnt. „Ja, das kann ich vielleicht. Ich könnte durchaus etwas tun. Dazu brauche ich aber die Hilfe meiner Kollegen. Erlauben Sie, dass ich kurz telefoniere?"
Was hat der Kommissar vor?

18

Die verschwundenen Millionen

Der Geldtransporter war am frühen Abend in der Schillerstraße überfallen worden; die Täter waren mit über zwei Millionen Euro in einem schwarzen Audi in südliche Richtung geflüchtet. Die Kommissare Bloch und Jaschke waren ihnen dicht auf den Fersen. In der Kohlgartenstraße, die neuerdings dank einer Baustelle eine Sackgasse war, sahen sie den schwarzen Audi widerrechtlich im Halteverbot geparkt stehen. Eine Rentnerin, deren Rehpinscher gerade das Bein an einem Laternenmast hob, wies ihnen den Weg: „Dorthinein sind sie gerannt, ins Gemeindehaus. Hatten es sehr eilig."

Das Gemeindehaus der Sophienkirche war ein zweistöckiges Haus, das nicht abgeschlossen war. An der Eingangstür hing ein Zettel: „Chorprobe heute 18 Uhr in der Kirche: Stellprobe im Altarraum."

Die Kommissare betraten das Haus. Die erste Tür links war verschlossen, im ersten Zimmer rechts legten gerade fünf Herren, die meisten um die sechzig und grau meliert bis glatzköpfig, ihre Jacken ab. „Posaunenchor", rief ein kleiner, dicker Mann, „wir proben gleich." Die Instrumentenkoffer lagen schon auf dem Tisch. „Können wir Ihnen helfen?", fragte ein freundlich blickender Herr mit weißem Haar.

„Haben Sie jemanden gesehen, der nicht ins Haus gehört?", fragte Kommissar Jaschke rasch.
„Ich nicht."
„Doch, vorhin beim Reingehen, da waren zwei komische Typen. Die sind die Treppe hoch."
Die Kommissare stürmten die Treppe hinauf – Jaschke leichtfüßig vorneweg, Bloch schwer schnaufend hinter ihm her – und rissen die erste Tür auf. Sie platzten mitten in eine Sitzung hinein. Einer der Anwesenden stellte sich als Pfarrer vor und fragte, was sie wünschten. Bloch und Jaschke erklärten es notdürftig, verabschiedeten sich und rissen die nächste Tür auf. Hier waren ein Mann mit dicker Brille und Anzug und zwei Frauen in ein lebhaftes Gespräch vertieft.
„Wer sind Sie und was tun Sie hier?", fragte Jaschke, der anscheinend in besserer körperlicher Verfassung war als sein noch immer nach Luft japsender Kollege Bloch.
„Dr. Mertens, Chorprobe", rief der Mann und hielt eine Notenmappe hoch. „Und wer sind Sie?"
„Chorprobe?", ließ sich Bloch nun vernehmen. „Die findet doch heute in der Kirche statt."
„Siehst du, Bettina, ich hab mich gleich gewundert, dass wir hier die Einzigen sind", sagte eine der Frauen und raffte ihre Sachen zusammen.
„Ja, aber ich dachte, wenigstens das Einsingen ist hier", maulte die andere.
Kopflos stürmte Jaschke wieder hinaus und probierte die nächsten Türen. „Warte mal", wand Harald Bloch ein. Bei diesem ganzen Gerenne kam er gar nicht zum Nachdenken, und ihm schien, dass sie so etwas Wichtiges übersehen konnten. Aber sein Kollege hörte ihn gar nicht. Zwei Türen waren verschlossen, die dritte ließ sich öffnen und Jaschke trat ein. Harry Bloch folgte ihm. Hier saßen ein

paar Halbwüchsige, die sich als Junge Gemeinde vorstellten. Sie seien gerade dabei, Kostüme für ein alternatives Krippenspiel auszuwählen.
„Nach Krippenspiel sieht das aber nicht aus", wand Bloch mit einem Blick auf ein paar schwarze Mäntel, Sonnenbrillen und Aktenkoffer ein.
„Ist ja auch nicht für die Christvesper am Nachmittag, sondern für unser Krippenspiel am Abend", sagte ein groß gewachsenes Mädchen mit roten Haaren.
Jaschke stürmte schon wieder hinaus. Harry Bloch trabte ihm widerstrebend nach. Seinen ungestümen Kollegen musste er unbedingt ausbremsen. Bei dessen Geschwindigkeit bekamen seine kleinen grauen Zellen nicht genug Sauerstoff. Die letzte Tür im oberen Stock war verschlossen und Jaschke wandte sich sichtlich enttäuscht wieder zur Treppe. Er schüttelte den Kopf und stieg langsam die Stufen hinab. „Die sind uns entwischt. Vielleicht in den Keller."
„Glaube ich kaum", sagte Bloch und folgte seinem Kollegen.
„Oder sie stecken mit dem Pfarrer unter einer Decke."
Kommissar Bloch lachte kurz auf. „Markus, du liest zu viele Krimis."
„Vielleicht gehen wir doch noch mal zurück und nehmen die Personalien auf", schlug Jaschke vor.
„Moment", sagte Bloch, lauschte und hielt den rechten Zeigefinger in die Höhe. Sie waren wieder im Erdgeschoss angelangt und standen nahe der Eingangstür. Das Haus lag in tiefer Stille da. „Hörst du was?"
Kommissar Jaschke schüttelte betrübt den Kopf.
„Ich auch nicht. Weißt du, was das heißt?"
Kommissar Jaschke schüttelte erneut der Kopf.
Was war Harald Bloch aufgefallen?

19

Der gefüllte Weihnachtskarpfen

An einem Mittwochnachmittag kurz vor Weihnachten erhielt Kommissar Harry Bloch einen Anruf aus dem Fundbüro. Ein aufgeweckter Kollege meldete, ein Diamant sei auf ungewöhnliche Weise gefunden worden. Es handle sich womöglich um Diebesgut. Schnell war der wertvolle Stein identifiziert: Er war vom erfolgreichen Unternehmer H. Mossmann bereits vor drei Wochen als gestohlen gemeldet worden. Der Unternehmer hatte ihn seiner Gattin zu Weihnachten schenken wollen.

Kommissar Bloch befragte sofort die ehrliche Finderin. Die Rentnerin Frau Hähnchen war an diesem Tag über den Weihnachtsmarkt gebummelt und hatte bereits zwei Gläser Eierpunsch geleert, als sie eine herrenlose Einkaufstasche bemerkte, die an einen der Glühweinstände gelehnt war. „Niemand wusste, wem die gehörte. Da hab ich sie erst mal mitgenommen“, erzählte sie aufgeregt. „Wollte sie ins Fundbüro bringen. Aber erst wärmte ich mich zu Hause auf, na, und schaute mal hinein.“

Im prall gefüllten Beutel fand sie diverse Weihnachtseinkäufe: Elisenlebkuchen, ein paar kleinere bereits verpackte Geschenke, ein Räuchermännchen, eine Tüte gebrannte Mandeln, und ganz zuoberst in einer Papiertüte und zusätzlich einer Plastiktüte nicht ganz geruchsdicht verpackt: ein frischer Karpfen. „Der wäre doch schnell schlecht geworden in so einem Fundbüro. Ich hab ihn sofort ausgenommen und zubereitet und dabei im Inneren den Diamanten gefunden."

„Sehr gut; Sie haben alles richtig gemacht", beruhigte Bloch die aufgeregte Frau. Dankend nahm er auch die übel riechende Verpackung des Fisches an sich, die Frau Hähnchen extra mitgebracht hatte. Er strich die Papiertüte glatt und las den Aufdruck „Karpfenzucht Olbricht".

Das Unternehmen Karin Olbricht war schnell ausfindig gemacht. Frau Olbricht war überaus geschäftstüchtig. Sie verstand das Anliegen des Kommissars nicht gleich, sondern rief ins Telefon: „Die Karpfen sind für heute alle ausverkauft. Anfang nächster Woche bin ich mit neuer Ware wieder auf dem Markt. Sie können gern vorbestellen."

Als sie Bloch endlich ausreden ließ und verstand, worum es ging, berichtete sie: An diesem Tag sei sowieso alles drunter und drüber gegangen. Sie hatte die Karpfen früh aus dem Teich geholt, dann waren die ratzfatz ausverkauft und mehrere Kunden hatten Stress gemacht, weil am frühen Nachmittag keine Karpfen mehr da waren. Und zwischendrin hatte ihr Bruder angerufen, dass sie ihm doch einen Karpfen versprochen hatte. Der mit dem bläulichen Fleck an der Seite. Wo der denn sei. Einen anderen wolle er nicht. Kommissar Bloch nickte und machte sich Notizen.

Dann twitterte er auf dem Polizeiaccount: „Weihnachtsgeschenke mit Karpfen gefunden. Abzuholen auf dem Revier ab 19 Uhr." Abends um kurz vor sieben standen drei Menschen im Revier, die an diesem Tag ihre Weihnachtseinkäufe verloren haben wollten.

Henning Knesebeck, Hausmeister in einem Seniorenheim, konnte keine genauen Angaben zu den Einkäufen machen.

„Das weiß ich nicht mehr. Auf jeden Fall war ein Portemonnaie drin in der Tasche und ein Karpfen."
Die Lehrerin Martina Hannsen konnte sich nicht mehr genau erinnern, was sie alles eingekauft und später unter Einfluss von Glühwein verloren hatte. Lebkuchen, gebrannte Mandeln und ein Räuchermännchen waren aber mit Sicherheit dabei. Und sie wollte gern alles wiederhaben, auch den Karpfen!
Die Krankenschwester Christina Wolf hatte konnte die große Einkauftasche samt Inhalt recht gut beschreiben. Da wären auch bereits eingepackte Geschenke für ihre Nichten und Neffen dabei gewesen.
„Das trifft sich gut", sagte Kommissar Bloch. „Die Sachen haben wir fast alle hier. Außer dem Karpfen."
„Was ist mit dem Karpfen passiert?", fragte Frau Wolf.
„Die Finderin hat ihn zubereitet und bereits verspeist. Wenn Sie allerdings an Fischschuppen als Glücksbringer glauben – es heißt ja, das Geld ginge dann im neuen Jahr niemals aus –, die Reste hat sie alle dagelassen."
„Ach, nein, was soll ich mit Fischabfällen", wehrte Frau Wolf ab. „Ich bin froh, dass die übrigen Einkäufe wieder da sind."
„Damit bleibt nun nur noch eine dringend tatverdächtige Person übrig", sagte Harry Bloch. Wen meinte er?

20

Erdrückende Beweise

Der Mord ereignete sich in der Nacht vom 19. zum 20. Dezember in der Universitätsbibliothek, Abteilung Theologie. Henning von der Heyde, Doktorand am Lehrstuhl für Altes Testament, war zwischen zwei Rollregalen regelrecht zerquetscht worden. Der Anblick war kein schöner. Harald Bloch war froh, als der Tatort ausreichend dokumentiert war und die Leiche endlich zur Gerichtsmedizin abtransportiert wurde. Er war an diesem Tag noch vor dem Frühstück aufgebrochen, und eine Leiche so früh am Morgen, selbst wenn nur wenig Blut zu sehen war, schlug ihm auf den Magen. Aus dem Automat im Eingangsbereich der Bibliothek hatte er sich zwar einen Kaffee geholt, aber auch der half nur bedingt. Kommissar Bloch stellte das Gesöff auf einem der Lesetische ab und inspizierte den Tatort noch einmal genauer.
Die Rollregale reichten bis kurz unter die Decke und waren mit Büchern vollgepackt. So ein Regal war mit Büchern sicher gut tausend Kilo schwer. Wie viel Druck konnte man damit ausüben? Waren zwei Täter nötig, um die Tat auszuführen, oder könnte man das auch allein schaffen? Und vor allem: Würde er Physikkenntnisse benötigen, um diese Fragen zu beantworten? Bei dem Gedanken schmerzte dem Kommissar der Kopf.

Nicht wenige Bücher waren auf den Boden gefallen. Kommissar Bloch hob einige auf und las die Titel: „Die Entstehung des Pentateuch", „Hiob – Vom Gottesfürchtigen zum Repräsentanten Israels", „Grundfragen der historisch-kritischen Exegese", „Studien zum Jeremiabuch", „Die Entstehung des biblischen Monotheismus". Kommissar Bloch fühlte sich schon von den Titeln wie erschlagen. Und da hatte er noch keinen Satz gelesen, geschweige denn die Last der Bücher am eigenen Leib verspürt. Er legte den Bücherstapel auf den Lesetisch und nahm einen Schluck des inzwischen kalten Kaffees. Es half nichts. Wie man sein Leben so zwischen den Büchern verbringen konnte, war ihm ein Rätsel. Nun ja, der junge von der Heyde würde hier zumindest keine Zeit mehr verbringen müssen.

Seine Gedanken wurden jäh von seinem Kollegen Jaschke unterbrochen, der von der Befragung der Bibliotheksmitarbeiterin zurückkam, die den Toten entdeckt und die Polizei verständigt hatte.

„Frau Wohlfeld meint, in der Nacht hätten nur Universitätsmitarbeiter zur Bibliothek Zutritt. Die Türen waren unbeschädigt. Es kann also nur eine interne Sache sein."

„Streit um Forschungsgelder?", versuchte Bloch witzig zu sein.

„Was machst du denn mit den Büchern?", fragte Kommissar Jaschke entsetzt. „Sind denn da schon überall Fingerabdrücke genommen worden?"

„Ich hab sie nur vorsichtig am Buchrücken angefasst und nichts verwischt", verteidigte sich Harry Bloch und hob ein paar weitere Bücher vom Boden auf. „Die Mosereden im Deuteronomium", „Das Konzil von Trient", „Saul und David in der judäischen Geschichtsschreibung", „Gesammelte Studien zur hebräischen Bibel", „Der Pietismus".

„Wir konzentrieren uns also auf die Universitätsmitarbeiter“, sagte er halb in Gedanken.
„Genau“, fiel Jaschke eifrig ein. „Ich hab hier schon eine Liste. Das sind erst mal nur die Mitarbeiter am Lehrstuhl für Altes Testament, die übrigen können wir vielleicht später durchgehen. Also, da wäre der Doktorvater des Opfers, Prof. Dr. Momson, dann Frau Prof. Dr. Falkenstein, dann Dr. Bernhardt, Dr. ...“
„Moment“, rief Kommissar Bloch. „Wir können es uns einfacher machen und das Alte Testament erst mal weglassen. Fangen wir beim Lehrstuhl für Kirchengeschichte an.“
Wie kommt der Kommissar darauf?

21

Ein frischgebackener Vater

„Sie wurden in der Nähe des Tatorts gesehen“, sagte Kommissar Jaschke gerade zu dem Verdächtigen, als Harald Bloch eilig den Raum betrat. Jaschke warf ihm einen genervten Blick zu. Kommissar Bloch war spät dran. Bloch setzte ein zerknirschtes Gesicht auf und hob zwei Pappbecher hoch. „Auch einen Kaffee?“, fragte er.

„Nein“, entgegnete Jaschke bloß.

„Also, ich würde einen nehmen“, sagte der Verdächtige keck. Der knapp zwanzigjährige, mehrfach wegen Einbruchs und Körperverletzung vorbestrafte Marko Hänig war nach einem Einbruch in einer schicken Villa in der Nähe des Zoos als dringend tatverdächtig verhaftet worden.

„Sie sind aber nicht gefragt worden“, herrschte ihn Kommissar Jaschke an. „Also, was haben Sie am Freitag um 14.30 Uhr in der Kästnerstraße/Ecke Potsdamer Allee gemacht?“

„Ist das nicht bei der Lutherkirche?“, warf Harald Bloch ein. Er war noch nicht ganz im Bilde über den Fall.

„Möglich. Jedenfalls ist das genau zwischen Zoo und Weißem Schlösschen.“ Jaschke räusperte sich und wippte ungeduldig mit dem Fuß. „Na, Herr Hänig, wird's bald?“

Der Angesprochene merkte wohl, dass beim Kommissar bald der Geduldsfaden reißen würde. Er sagte: „Am Mittwoch, also da hab ich, da wollte ich bloß zur Kirche."
„Warum?"
„Ich bin Vater geworden vor paar Wochen. Wollte mit dem Priester über die Taufe sprechen."
„Und das kann der betreffende Priester bestätigen?", fragte Jaschke streng.
„Nein, ich hab ihn nicht getroffen. Bin ohne Termin hin, und da war er nicht da am Freitagnachmittag. Hätte ich mir eigentlich denken können."
„Und warum sind Sie ohne Termin zur Kirche gegangen?", hakte Jaschke nach. „Sie hätten ja vorher anrufen können im Pfarrbüro." Kommissar Bloch war stumm geblieben. Er nippte an seinem Kaffee.
„Ich wollte lieber gleich persönlich vorbeikommen. War ja schon lange nicht mehr beim Gottesdienst. Aber dass mein kleiner Jerome-Kevin getauft wird, ist mir wichtig. Katholisch bleibt halt katholisch", erklärte Hänig wortreich und setzte eine fromme Miene auf.
„Und danach sind Sie in der Villa von Professor Hartmann eingestiegen", sagte Jaschke.
„Natürlich nicht! Ich bin noch ein bisschen durch den Zoo geschlendert; die Bären anschauen. Gegen 17 Uhr war ich dann wieder zu Hause. Meine Verlobte kann das bestätigen."
„Zu welcher Zeit ...", begann Kommissar Jaschke.
„Wann soll denn die Taufe sein?", wurde er von Kommissar Bloch unterbrochen.
„Weiß noch nicht, im Frühling, dachte ich."
„Ist Ihre Verlobte auch katholisch?"
„Nein, die hat mit Kirche gar nichts am Hut. Aber dass meine Kinder katholisch getauft werden, das ist ja klar."

„Und warum haben Sie sich gerade diese Kirche im schicken Villenviertel ausgesucht, Herr Hänig? Sie gehören doch sicher zu einer anderen Kirchgemeinde."

Marko Hänig rutschte auf seinem Stuhl hin und her und warf Kommissar Bloch einen misstrauischen Blick zu. „Wie ich schon gesagt habe, war ich lange nicht mehr in der Messe. In der Kirche beim Zoo war ich bloß ein paarmal so zum ... Nachdenken. Na ja, Sie wissen schon, beten und so."

„Zu welcher Zeit sind Sie im Zoo angekommen und gibt es jemanden, der bestätigen kann, dass Sie dort waren?", fragte Jaschke.

„Überlegen Sie gut", empfahl Bloch, „bevor Sie antworten. Sie haben sich jetzt schon in Widersprüche verstrickt."

Was meint der Kommissar?

22

Schlafe, mein Liebster

Der äußerst wohlhabende Hotelbesitzer Benedikt Höhlmeier war ermordet worden. Die Tatwaffe, ein japanisches Fischmesser, extrem scharf, schmal und fast 30 Zentimeter lang, stammte aus der Höhlmeierschen Küche.

„Fingerabdrücke sind nicht darauf", erklärte ein Kollege, dessen Nachtschicht gerade zu Ende ging. Es war ein trüber Samstagmorgen kurz vor Weihnachten. Detailliertere Ergebnisse waren von der Spurensicherung erst in ein paar Tagen zu erwarten. Der Kollege hatte zum Glück eine Viertelstunde, bevor Harry Bloch aufs Revier kam, Kaffee aufgesetzt. Jetzt sah er zu, wie Harry sich die erste Tasse eingoss, und fasste die Ereignisse der letzten Nacht zusammen.

„Er muss gestern Abend zwischen 19 und 22 Uhr ermordet worden sein. Seine Ehefrau hat ihn gefunden, als sie aus einem Konzert kam. Sie ist zwar auch tatverdächtig, hat aber ein Alibi."

„War sie allein im Konzert?"

„Wie man's nimmt. Ohne Begleitung, aber zusammen mit etwa 2000 anderen Besuchern in der ausverkauften Kirche. Zwei Bekannte hat sie beim Hineingehen getroffen, die ihr Alibi bestätigen können: eine Arbeitskollegin und einen Nachbarn. Namen und Adressen findest du im Verhörprotokoll."

Kommissar Bloch blätterte zunächst im Protokoll. Die Eintrittskarte für das Konzert hatte Frau Höhlmeier vorweisen können. „Freie Sitzplatzwahl" stand auf der Karte, und Frau Höhlmeier hatte angegeben, irgendwo im hinteren rechten Seitenschiff gesessen zu haben. Ihre unmittelbaren Banknachbarn kannte sie nicht. Kommissar Bloch entschloss sich, erst der Witwe einen Besuch abzustatten und danach die beiden Zeugen, die ihr Alibi bestätigen konnten, aufzusuchen.

„Es war ein wunderbares Konzert gestern Abend", schwärmte die Witwe Höhlmeier. „Aber dann natürlich, als ich nach Hause kam und Benny im Wohnzimmer fand ...", sie unterdrückte ein Schluchzen und tupfte mit einem Taschentuch an ihren Augen herum. Die Mittfünfzigerin war sorgsam frisiert und geschminkt und trug einen sehr eleganten schwarzen Hosenanzug.

„Erzählen Sie mir das bitte noch einmal", bat Bloch. „Wann haben Sie das Haus verlassen?"

„Ich bin halb sieben in ein Taxi gestiegen und war etwa eine Viertelstunde vor Konzertbeginn an der Kirche. Da waren die besten Plätze natürlich schon weg. Das komplette Weihnachtsoratorium von Bach wurde aufgeführt mit allen sechs Kantaten. Deswegen dauerte es auch fast drei Stunden. Ich kam erst 22 Uhr aus der Kirche raus und war kurz vor halb elf zu Hause. Und dort fand ich dann ..."

„Und Sie haben sich das ganze Konzert angehört? War es gut?", unterbrach sie der Kommissar.

„Ach, ja, es war wundervoll! Ich liebe das Weihnachtsoratorium! Ich habe es schon so oft gehört, aber leider werden ja meist nur die Kantaten I bis III gespielt. Die Solisten waren hervorragend, besonders der Bass! Das Orchester natürlich auch. Und der Chor war eindrucksvoll! Das ‚Jauchzet, frohlocket' war so mitreißend! Und die übrigen Choräle so innig! ‚Wie soll ich dich empfangen', ‚Ach, mein herzliebes Jesulein', ‚Brich an, o schönes Morgenlicht'. Aber das größte Highlight war diese wunderschöne Arie der Altistin: ‚Schlafe, mein Liebster'. Da kommen mir immer die Tränen. Und dann der grandiose Chor am Ende – ‚Herrscher, des Himmels'. Also, es war ein ganz wunderbares Konzerterlebnis. Das werden Ihnen auch mein Nachbar, der alte Herr Krüger von nebenan, und meine Kollegin Bettina Schalbier bestätigen können. Die hatte ich getroffen, als ich in die Kirche kam." Frau Höhlmeier lächelte den Kommissar sanft an. Sie schien in Gedanken noch bei der Musik zu sein.

„Ja, liebe Frau Höhlmeier, jetzt haben Sie sich natürlich verraten", sagte Bloch mit ruhiger Stimme und knetete die Hände. Bei eleganten Frauen wie ihr fiel ihm so etwas ein wenig schwer. Aber sie hatte ihr Alibi schlecht vorbereitet. Ob es doch ein Mord im Affekt gewesen war? Wenn sie die Tat von langer Hand geplant hätte, wäre ihr der Fehler sicher nicht passiert.

Was war dem Kommissar aufgefallen?

23

Einladung zur Bescherung

Wer Frau Manske übers Ohr hauen wollte, der musste schon besonders früh aufstehen. Die alte Frau Manske war zwar gehbehindert, sah wenig und hörte nicht mehr gut, hatte aber einen messerscharfen Verstand. Es war am Tag vor Weihnachten, als sie die Polizei rief. Nun saß Kommissar Bloch auf ihrem Sofa, auf dem man so tief in die Polster sank, dass man nur schwer einen dienstlichen Ton anschlagen konnte. Sie hatte gut geheizt und Kommissar Bloch, der nach dem Trubel der letzten Wochen urlaubsreif war, musste gegen die Müdigkeit ankämpfen. Enkeltrickbetrüger waren ihm in letzter Zeit kaum untergekommen, aber nun hatte sich ausgerechnet zu Frau Manske einer von ihnen verirrt.

„Beschreiben Sie mir noch einmal, was passiert ist", forderte er Frau Manske auf.

„Wie bitte? Sie müssen lauter reden, junger Mann!"

„Was? Ist? Passiert?", rief Bloch aus Leibeskräften.

„Ach so! Schreien Sie doch nicht so", entgegnete sie beleidigt. „Also, so gegen elf Uhr klingelte vorhin dieser junge Mann an meiner Tür und behauptete, er sei mein Enkel, stecke in der Klemme und ich müsse ihm mit 300 Mark aushelfen."

„Euro", sagte Kommissar automatisch.
„Wie bitte?"
Der Kommissar winkte ab.
„Ich habe auch einen Enkel, den ich lange nicht mehr gesehen habe. Robert heißt er. Er hat Geologie studiert, erst in Freiberg an der Bergakademie und dann im Ausland ... ich vergesse immer, wo das war. Ich sehe ja ganz schlecht, aber der junge Mann von heute Vormittag hatte dunkle Haare wie Robert, nur schien er mir ein bisschen größer und kräftiger. Kann aber auch sein, dass ich kleiner geworden bin. Jedenfalls arbeitet Robert seit ein paar Jahren als Geologe in Kalifornien."
„Aha, wegen der Erdbeben", mutmaßte der Kommissar.
Frau Manske ignorierte den Einwurf. „Ich hab ihn natürlich gefragt, wie es so läuft in Amerika, in welcher Klemme er steckt und ob er zum Mittagessen bleiben will, weil der Flug ja sicher sehr lange gedauert habe. Da hat er mir erzählt, er habe seinen Job verloren. In Amerika sei es zwar schön, aber durch die ganze Weihnachtsbeleuchtung und die Musik habe er Heimweh bekommen – ‚Jingle Bells' und ‚Stille Nacht' überall. Da sei er dann gestern Abend 20 Uhr ins Flugzeug gestiegen und direkt nach Berlin geflogen. Aber zum Mittagessen wollte er trotzdem nicht bleiben."
„Und dann?"
„Er war etwas sauer, weil ich nicht so viel Bargeld im Haus hatte, bloß 15 Euro. Die hab ich ihm gegeben. Aber er kommt wieder. Dann können Sie ihn schnappen."
„Wann?"
„Morgen Mittag zwölf Uhr. Ich hab ihm erzählt, ich würde bis dahin das Geld besorgen und extra für ihn eine ‚Bescherung' machen."
„Sehr gut, Frau Manske! Aber woher haben Sie gewusst, dass Ihr Besucher nicht Robert war?"

Frau Manske strahlte übers ganze Gesicht. Sie war stolz darauf, dass sie im Kopf noch so fit war. Was erklärte sie dann dem Kommissar?

24

Die gefälschte „Geburt Jesu“

Es war der Heilige Abend. Harry Bloch saß unter dem heimischen Christbaum zusammen mit seiner lieben Verwandtschaft. Dazu gehörten neben seiner Frau Daniela und dem halbwüchsigen Sohn Benjamin auch seine Schwiegermutter und sein Schwager, ein Junggeselle, den er außer zur jährlichen Familienweihnachtsrunde nie sah. Dieser Schwager, er hieß Ottmar, verdiente sein Geld teils als Galerist und teils beim Wetten auf Pferderennen. Oder um es genauer zu sagen: Er verdiente es als Galerist und verlor es bei Pferderennen. Nach Harald Blochs Einschätzung war er ein Hallodri. Deswegen erfüllte es ihn mit Misstrauen, dass der Schwager auf seinen eigenen Sohn eine eigentümliche Faszination ausübte.

Natürlich hatte Ottmar wie jedes Jahr beim gemeinsamen Kirchgang gefehlt und war erst zur Bescherung aufgetaucht. Und natürlich hatte er ihm, Harry, wieder irgendetwas völlig Unnützes geschenkt. Jetzt war die Familie zum gemütlichen Teil des Abends übergegangen. Man saß um den großen Tisch im Wohnzimmer, aß belegte Brote mit Lachs und französischen Weichkäsen und dazu den traditionellen Heringssalat der Schwiegermutter. Gemeinsam mit Daniela wärmte seine Schwiegermutter alte Geschichten aus der Zeit auf, als Daniela und Ottmar Kinder gewesen waren. Ottmar schenkte sich bereits das dritte Glas Portwein ein, und als die allen bekannte und für ihn sehr peinliche Geschichte erzählt wurde, wie er als Zehnjähriger, vom Zwergpudel des Nachbarn verfolgt, auf den Pflaumenbaum geklettert war und sich einen ganzen Nachmittag lang nicht heruntergetraut hatte, nahm er einen großen Schluck Portwein und wechselte das Thema:

„Übrigens, Harry, das wird dich als Kriminologen interessieren." – Er sagte immer „Kriminologe", obwohl ihm Harry schon zehnmal den Unterschied zwischen diesem und einem Polizeibeamten erklärt hatte.

„Das wird dich als Kriminologen interessieren", wiederholte der Schwager, als Harry nicht sofort reagierte. „Ich hatte kürzlich einen Fall von Kunstfälschung. Das war so dreist, damit hätten die nicht mal die Bullen aufs Glatteis geführt. Entschuldige, ich meine natürlich die Polente, die hochgeschätzten Polizeibeamten", setzte er hinzu, als Harry rot anlief.

„Aha, und du hast die Fälschung als großer Experte natürlich sofort entlarvt", presste Harry säuerlich zwischen den Zähnen hervor.

„Selbstredend! Aber pass auf, ich bin gespannt, ob du es auch gemerkt hättest." Umständlich putzte sich Ottmar mit einer Serviette die Mundwinkel, ehe er weiterredete. „Da kommt also eine Frau in die Galerie und will mir so eine Ikone verkaufen, angeblich aus dem 14. Jahrhundert, russisch, Nowgoroder Schule, und sagt, die hätte sie von ihrem Großvater geerbt. Das Holz wirkte auch echt, also alt. Und ihr russischer Akzent wirkte auch ziemlich echt."

„Wie sah sie denn aus?", unterbrach ihn Benjamin.

„Blondiert und gut geschminkt. Falscher Pelz, falsche Brillanten, falsches Blond. Na ja, so um die 30 Jahre. Recht hübsch eigentlich."

„Ich meinte eigentlich die Ikone."

„Ach so. Es war ein ganz klassisches Motiv: die Geburt Christi. Also Maria so halb liegend vor dem Eingang einer Höhle, dann der kleine Jesus weiß eingewickelt und in einer Art Trog liegend und daneben Ochse und Esel. Das Ganze war in einer hügeligen Landschaft, Felswüste und drüber der blaue Himmel. An der Seite stand Josef und hat gebetet und drum herum wuselten lauter Engel und Schafe herum. – Da wusste ich natürlich auf den ersten Blick, dass das nur eine Fälschung sein konnte und eine ziemlich stümperhafte noch dazu!"

„Und dann?", fragte Benjamin mit großen Augen. „Hast du die Polizei gerufen?"

„Nein, bei einer so schönen Frau doch nicht! Die hab ich zum Kaffeetrinken eingeladen, haha! Na, Harry, hättest du es auch gewusst, du alter Kriminologe?"

Harry Bloch schwitzte. Er verwünschte seinen Schwager und stand wortlos auf, um sich in der Küche noch ein Bier zu holen.

Was war ihm nicht aufgefallen?

Lösungen

1

Das „Stollensiegel“ wird vom Schutzverband Dresdner Stollen e.V. verliehen, allerdings erst nach einer Kostprobe.

2

Dafür, dass ihm die Augen verbunden waren, hat der Wachmann sehr viel „gesehen“. Nur durchs Zuhören hätte er beispielsweise die Farbe der Tücher nicht wissen können. Er steckt mit den Dieben unter einer Decke.

3

Wenn man aus Versehen jeweils die Taste rechts von der anschlägt, die man eigentlich erwischen will, dann schreibt man „jpöhrt odz rd hrerdrm“, obwohl man eigentlich schreiben wollte „holger ist es gewesen“. Der Bruder Holger Hober ist der Mörder.

4

Für den Strauß schneidet man am Barbara-Tag Kirschzweige. Der Pfarrer hätte die Mädchen wohl kaum in den Park geschickt, um dort Zweige von den Linden- und Ginkgo-Bäumen zu schneiden.

5 Peggy trägt kein Schild mit ihrem Namen oder der Adresse. Im Erpresserbrief ist ihr Name aber genannt.

6 Der Dieb, der die Beute in den Sporttaschen verstaut, trägt keine Maske, denn sonst könnte er sich nicht einfach so die Nase putzen und den Schweiß von der Stirn wischen.

7 Die Abkürzungen bezeichnen adventliche Orgelmusik von Johann Sebastian Bach (BWV = Bach-Werkeverzeichnis) und Dietrich Buxtehude (BuxWV=Buxtehude-Werkeverzeichnis).

8 Alle drei steckten unter einer Decke. Der Streit und die Flucht in unterschiedliche Richtungen waren ein Ablenkungsmanöver.

9 Der Dieb hat, um Nachforschungen zu erschweren, die Schneeschuhe umgebaut, um sie falsch herum tragen zu können. Der vordere Teil des Schuhs (also in diesem Fall der Teil, der normalerweise hinten wäre) wird beim Laufen stärker belastet und sinkt deshalb tiefer in den Schnee ein.

10 Martin Machnik hat die Leiche seines Vaters in der Regentonne in Säure aufgelöst. Wenn die Regentonne, wie er behauptet hat, seit zwei Tagen leer im Garten steht, wäre ohne Abdeckung bei dem Wind längst welkes Laub hineingefallen.

11 Bei Rorate-Messen wird die Kirche nur von Kerzen erleuchtet, d. h. die Glühbirnen waren gar nicht an.

12 Von der gegenüberliegenden Straßenseite hätte der Zeuge Kratzer am rechten Kotflügel nicht sehen können.

13 Bei dem Brand wäre ein auf dem Schreibtisch liegendes Buch mitsamt dem Brief vernichtet worden. Sicher ist der Brief eine Fälschung.

14 Zisterzienser tragen keine braunen Kutten. Das ist die Ordenskleidung der Franziskaner. Das Gewand der Zisterzienser ist schwarzweiß, weswegen der Kommissar an einen Pinguin denken muss, als er sich an den

Mönch von der Führung erinnert. Der Mann im Klostergarten ist kein Mönch, sondern der Bankräuber, der die Tarnung in einem Bündel die ganze Zeit bei sich getragen hatte.

15

Auf dem Stempel war der bekannte Ort Seiffen falsch geschrieben.

16

Auf dic mit Schokolade glasierten Herzen. Frau Schmitzke hatte ein Blech vergiftet und, um sie nicht mit anderen zu verwechseln, diese Plätzchen mit Schokolade überzogen. Ihre Freundin war vielleicht eingeweiht und dass ihre Tochter keins der tödlichen Plätzchen essen würde, darüber wachte sie mit Adleraugen.

17

Er will die Wand am Ende des Kellergangs aufhacken lassen, weil er vermutet, dass der Leichnam des Verschollenen dort eingemauert ist. Verdächtig schien ihm, dass von allen gekalkten Wänden sich nur an dieser Wand Salpeter bildete. Vermutlich hat der Mörder nach dem Hochziehen der Mauer den falschen Putz verwendet. Einem Bauingenieur wäre dieser Fehler nie passiert.

18 Die Kommissare standen ganz nah bei der Tür, hinter der angeblich gerade die Probe des Posaunenchors stattfand, hörten aber nichts. Sehr wahrscheinlich befanden sich in den Instrumentenkoffern keine Trompeten, Posaunen oder Hörner, sondern das gestohlene Geld.

19 Den Bruder von Frau Olbricht, der den Diamanten gestohlen und in einem der Karpfen – dem mit dem blauen Fleck an der Seite – versteckt hatte.

20 Zwischen den Büchern aus dem Bereich Altes Testament lagen auch zwei Titel, die dort nicht hingehörten, sondern aus dem Bereich Kirchengeschichte stammen, von wo der Täter sie vermutlich mitgebracht hat.

21 Wenn Marko Hänig wirklich katholisch ist und er in der Lutherkirche zum Beten gewesen ist, dann müsste ihm aufgefallen sein, dass das eine evangelische Kirche ist und er dort keinen katholischen Priester finden wird.

22

„Herrscher, des Himmels“ ist nicht der Schlusschor, sondern der Chor am Ende der III. Kantate. Auch die übrigen erwähnten Stücke stammen aus den ersten drei Kantaten. Frau Höhlmeier hat nur die erste Hälfte des Konzerts gehört, hat dann die Kirche vorzeitig verlassen und zu Hause ihren Mann erstochen.

23

Als der „Enkel“ am 22. Dezember um 20 Uhr auf kalifornischem Boden ins Flugzeug stieg, war es in Deutschland schon fünf Uhr morgens am 23. Dezember. Bei einer Flugdauer von etwa zwölf Stunden hätte er niemals um elf Uhr an Frau Manskes Tür klingeln können.

24

Auf mittelalterlichen Ikonen ist der Himmel nie blau, sondern in der Regel mit Blattgold gestaltet.